올리비아

Olivia

올리비아

도로시 스트레이치

지음

이영주

옮김

CHOCO

버지니아 울프와 나눈 소중한 추억을 기억하며

일러두기

- 각주는 모두 옮긴이가 작성하였다.
- 원문의 이탤릭체는 외국어 표시 기능을 할 때는 이탤릭체로, 강조 표시 기능을 할 때는 굵은 **글씨체**로 표기하였다.

우리는 단 한 번, 처음 사랑할 때만 진심으로 사랑한다.
이후의 사랑들은 첫사랑만큼 부지불식간에 빠져들지 않는다.

-장 드 라브뤼예르

차례

서문	VI	XII
10	77	167

I	VII	XIII
19	93	180

II	VIII	XIV
28	111	193

III	IX	
39	129	

IV	X	
56	138	

V	XI	
71	151	

서문

한가롭고 공허했던 올 겨우내, 나는 이야기를 한 편 쓰면서 시간을 보냈다. 허영이나 겸손, 타인의 감정, 살아있는 자가 받을 충격이나 상처, 죽은 자를 언급한다는 양심의 가책 따위는 신경 쓰지 않은 채, 오로지 내 즐거움을 위해 글을 썼다.

세상이 변하고 있음을 알고 있다. 막강한 영향력으로 우리를 사로잡은 혁명적 변화, 우리를 삼켜 버리고도 남을 거대한 홍수에 무관심하지 않다. 하지만 내가 뭘 할 수 있었겠는가? 그저 기억의 잔해로 만든 작은 뗏목을 타고서 사방에서 휘몰아치는 폭풍을 잠시 피했을 뿐이다. 이 뗏목을 타고서 예술이라는 고요한 피난처, 지금도 여전히 존재한다고 믿는 그곳으로 가려 했다. 그 앞을 가로막는 바위와 모래 언덕은 피하려고 애쓰면서.

프랑스 학교에서 1년간 내게 일어났던 일은 한 편의 이야기, 인물 두세 명과 에피소드 몇 편으로 구성된 짧고 단순한 이야기로 모양을 갖출 법했다. 하나의 동기에서 출발해 하나의 결말을 향해 가는 이야기, 마지막 파국에 이를 때까지 한눈팔지 않고 빠르게 나아가는 이야기였다. 자서전이 다 그렇듯, 이 이야기 역시 진실은 일부만 남거나 자리를 옮겼고, 어쩌면 외양이 달라졌을지도 모르겠다. 단 몇십 장으로 축약한 그 1년은 내 삶에서 가장 충만한, 그게 아니라면 적어도 가장 통렬한 한 해였다. 누구나 반드시 겪게 마련인 온갖 일을 나는 그때 처음 경험했는데, 지금 이 글을 읽고 있을 프로이트 추종자들을 위해 달리 표현해 보자면, 그 1년간 나는 나 자신, 사랑과 기쁨, 죽음과 고통을 처음으로 의식했다. 그리고 이에 대해 내가 보인 반응은 경험 자체만큼이나 갑작스럽고 놀라웠으며 **부지불식간**에 튀어나왔다.

이 일을 하는 데 어려움이 따른다는 것을 잘 알고 있다. 가령, 사실이라는 필연적이고 건조한 뼈대 위에 젊음이라는 따뜻하고 둥글며 살아 숨 쉬는 살을 붙이고, 거기다 색채와 움직임까지 더하려면, 아주 조심스럽게 수정을 가해야 한다는 점을 알고 있다. 그리고 그렇게 탄생한 생명체가 감정은 다 빠진 채 야위고 단단한 뼈대만 남을 수도 있고, 뼈대가 아예 없어 힘과 순수성을 잃은 채 형체 없이 흘러내려 감상만 남을 수도 있다는 점 역시 잘 알고 있다.

그러니 내가 이 일을 성공적으로 해내기를 어찌 바라겠는가? 그렇지만 한 번쯤 시도해 보고 싶은 마음은 또 어찌 물리치겠는가?

* * *

사랑은 언제나 내 삶에서 가장 중요한 요소였고, 유일하게 최상의 가치를 지녔다고 생각한, 아니, 느낀 것이었다. 이후로 내게 다른 사랑이 없었던 척은 하지 않겠다. 다만, 그때 나는 순수했다. 무지에서 비롯한 순수함이었다. 나는 내게 무슨 일이 일어나는지 알지 못했다. 다른 사람들에게 무슨 일이 일어나는지도 알지 못했다. 나는 의식이 부재한 상태, 다시 말해 뭔가에 완벽히 빠져든 상태였다. 그런 상태는 두 번 다시 겪지 못했는데, 왜냐하면 그때 그 처음 이후로 내 마음 한편에선 항상 비교, 분석하고 이의를 제기하며 '이

건 진실일까? 이건 진심일까?'라는 질문을 던졌기 때문이다. 내 앞에는 나보다 앞서 살았던 이들의 세계가 모두 펼쳐져 있었다. 말하자면, 그들은 내가 먹을 양식을 빼앗아 가 버렸다. 심장을 찌르는 이 통증, 이 황홀감은 진짜 내 것인가, 아니면 어디서 읽은 내용에 불과한가? 어떤 감정을 느끼거나 변화무쌍한 열정을 경험할 때마다 시인들의 말이 떠올랐다. 셰익스피어, 던[1], 하이네[2]가 쓴 구절들이 내 감정을 정확히 대변했다. 안심이 되는 듯하면서도 한편으론 화가 났다. 처음부터 내 소유인 것은 하나도 없는 듯했다. 상처에서 피가 뚝뚝 떨어지는데, 내 마음 한구석은 항상 미소와 비웃음을 머금은 채 그 상황을 지켜보며 말했다. '문학 작품이야! 문학일 뿐이라고! 소란 떨지 마!' 그러곤 덧붙였다. '가만, 머큐쇼는 죽어 가면서도 농담을 했지!'[3]

---

[1] 존 던(John Donne, 1572~1631). 영국의 시인이자 성직자. 대표적인 형이상 시인.
[2] 하인리히 하이네(Heinrich Heine, 1797~1856). 독일의 시인. 서정시, 사회 문제와 정치의식을 담은 시 등을 발표했다.
[3] 머큐쇼(Mercutio)는 셰익스피어(William Shakespeare, 1564~1616)의 『로미오와 줄리엣』(*Romeo and Juliet*, 1597)에 등장하는 로미오의 친구. 머큐쇼는 죽어 가면서 다음과 같이 말장난을 한다. "Ask for me to-morrow, and you shall find me a grave man."(내일 날 찾아오면 무덤 속 남자를 보게 될 거야) grave는 여기서 '무덤'과 '진지한'의 두 가지 뜻을 담고 있다.

시인들뿐만 아니라 심리학자, 생리학자, 정신분석가, 프루스트 추종자, 프로이트 추종자 들도 감정의 진원지에 독을 탔다. 그렇게 나는 사건 현장에서 한 발짝 떨어져 몸을 숨긴 채, 어슬렁대는 짐승, 야행성 해수가 굴에서 기어 나오길 기다렸다. 그리고 그들이 이것저것 살펴본 후 이름을 붙이고 하나하나의 습성에 익숙해지는 모습을 지켜봤다. 나에겐 이 모든 일이 아주 흥미로웠다. 하지만 이렇게 내 것을 다 포기해 버리고 나면 뭐가 남을까? 그곳은 그저 무책임한 동물들이 마음껏 분탕질 치는 들판에 불과하지 않은가? 이런 생각을 하다 보면 어김없이 짜증과 역겨움, 냉소와 의심이 뒤따르게 마련이다. 다시 말해, 유독한 해독제가 따라와 열정이라는 독을 없애는 것이다. 하지만 열여섯 살 소녀가 품은 독에는, 적어도 당시의 나처럼 낭만적이고 감상적인 소녀에겐 그런 해독제가 없었고, 과거에 맞았던 어떤 예방 접종도 그 심각한 병증을 누그러뜨리지 못했다. 미개척지 같았던 소녀에겐 이 모든 일이 마치 홍역에 걸린 남태평양 섬사람들처럼 생사가 달린 문제였다.

　무엇이 문제인지 내가 정녕 어찌 알 수 있었으랴? 설명서는 어디에도 없었다. 물론 가끔은 시인들이 이 상황을 이상하리만치 잘 설명해 주었다(당시에도 나는 시인들을 자주 만났다). 하지만 나는 그 순간들이 착각이나 우연에 불과하다고 생각했다. 서로 사랑을 주고받는 성인 남녀가 나 같은 어린 소녀와 무슨 공통점이 있겠는가? 내가 처한 상황은 아주 다른, 한 번도 들어본 적 없는 것이었다. 누구든 농담이 아니고서야 정말 한 번도 들어본 적 없는 상황이었다. 그래, '여학생이 겪는 열병 같은 사랑'은 농담으로 넌지시 언급되곤 했다. 하지만 나는 내 '열병'이 농담이 아니라는 것쯤은 알고 있었다. 그런데도 어쩐지 불편했다. 농담은 아닐지라도 창피한 일, 절박하게 숨겨야 하는 일 같았다. 이런 느낌은 반성의 결과라기보다는(그때도 나는 내 열정이 비난받아 마땅한 일이라고 생각하진 않았는데, 그러기에 나는 지나치게 무지했다) 본능에 가까웠던 것 같다. 그 뿌리 깊은 본능 때문에 나는 한평생 어떤 장막도 걷지 못했고, 가장 순수한 각양각색의 육체적 즐거움, 온갖 문학적 표현도 누리지 못했다. 하지만 옷을 벗지 않고 어떻게 목욕을 할 수 있겠는가? 영혼까지 발가벗지 않고 어떻게 글을 쓴단 말인가?

    세월이 많이 흐른 지금, 나는 어서 고백하고 싶다. 그 절박함을 마음껏 누리리라. 제단에, 지금은 존재하지 않는 사람들을 위한 제단에 제물을 바치리라. 내 의도를 알아차릴 만한 사람들은 이미 눈을 감았다. 게다가 지금의 내가 아니라 저 멀리, 열여섯 살 소녀의 영혼이 하는 말이 아닌가.

다시 한번 신들께 봉헌물을 바치리! 진귀하고 아름다운 기억을 내가 모독하지 않았음을 그들이 알아주길!

올리비아

I

내 자제력, 온갖 과시 행동을 거부하는 내 성향은 당연히 유전과 가정 교육에서도 영향을 받았다. 넌지시 내비치든 겉으로 표출하든, 감정을 드러내는 사람이 우리 집에 있었던가? 그렇다고 우리가 다른 사람들만큼 감정을 격렬하게 느끼지 못했으리라 생각하진 않는다. 다만 우리는 빅토리아 시대의 가정이었고, 비록 지나치다 싶을 정도로 격렬하게 불가지론을 믿긴 했으나 일말의 의심이나 위선 없이 당대의 규범을 충실히 따랐다. 그래서 의무, 일, 금욕을 존중했고, 방탕하다고 일컫는 것들을 엄격히 금했으며, 당대의 관례에서 벗어나는 것을 무서워하고 두려워했다. 아버지는 과학을 연구하는 사람으로서 영웅적 인내심을 바탕으로 엄격하고 독자적인 판단을 내리면서 한두 가지 자연 법칙에 골몰했는데, 윤리 법칙을 자연 법칙처럼 살펴볼 수 있다는 생각은 단 한 번도 하지 않았을 것이다. 어머니는 모든 자식에게 문학을 열렬히 사랑하는 마음을 물려주었고, 내가 열다섯 살 때 『톰 존스』[4]를 읽어 줬으며(당시 나는 인간 본성에 내재한 육체적 측면에 아주 무지해 소설의 10분의 1도 이해하지 못했다), 엘리자베스 시대 작가들이라면 줄줄 읊어댈 정도로 훤히 꿰고 있었는데, 무엇보다도 체험을 멀리하는 데 아주 특출난 능력이 있었다. 내 생각에 어머니는 넘치는 활기를 주체하지 못해 포학한 작가들의 피와 잔인함을 즐겼던 것 같다. 그러나 어머니는 원칙과 도덕성의 벽 뒤에서 그들에게 감탄했으므로, 그들의 폭력성과 직접 마주하는 위험한 경우는 절대 일어나지 않았다. 넘치는 활기 때문에 어머니가 곤경에 처하는 일 역시 당연히 없었다. 짐작건대, 열여덟 살에 결혼해 열세 명의 자식을 둔 어머니는 자신의 감각을 전혀 인지하지 못했던 것 같다. 어머니는 문학에 깊이 빠진 사람치고 이상하리만치 심리적 요소가 결여되어 있었고 타인을 의식하지 않았다. 우리 자식들이 뭘 하는지, 뭘 생각하는지 전혀

---

[4] 『톰 존스』(*The History of Tom Jones, a Foundling*, 1749). 영국 소설가 헨리 필딩(Henry Fielding, 1707~1754)의 소설.

알지 못했으므로 뻔하고 난폭한 계략들이 어머니 코앞에서 벌어질 법했고, 실제로도 그런 일이 자주 일어났지만 어머니는 일말의 의심도 품지 않았다. 시를 향한 어머니의 애정은 당연히 일정 부분 어머니가 가진 음악적 감수성에서 출발했다. 혐오스러운 교리에도 불구하고 어머니가 밀턴을 용서하고 『실낙원』[5]을 외운 이유는 그가 만들어 낸 소리 때문이었다. 하지만 내 생각에 어머니가 살면서 가장 크게 열정을 품었던 일은 공적 업무였을 것이다. 인도에서 요직을 차지한 영국 귀족 집안에서 태어나 비슷한 집안 출신 남자와 결혼한 어머니는 고위 공직자의 딸이자 아내로서 정치술에 관심이 많았다. 태어날 때부터 물려받은 이러한 관심은 어머니가 처한 환경에 맞게 점점 더 커져 갔다.

그러니까 내가 하고 싶은 말은, 우리 집에는 온갖 종류의 지적 영향력이 넘쳤음에도 불구하고 묘한, 심지어 비정상적이라고 할 만한 결핍이 있었다는 것이다. 말하자면, 인간성과 예술적 감성이 부족했다. 어머니는 문학과 음악, 그림을 열렬히 사랑했고 그에 대한 지식도 풍부했지만, 머리

---

[5] 『실낙원』(*Paradise Lost*, 1667). 영국 시인 존 밀턴(John Milton, 1608-1674)의 서사시. 대표적인 무운시이다.

로 이해하는 것 외에 다른 방식으로 그것들을 느껴본 적은 단 한 번도 없었던 듯하다. 어쩌면 어머니는 영적 통찰이 불가능했는지도 모르겠다. 좀 더 일상적인 것으로 예를 들어보자면, 어머니는 볼품없는 물건들로 주위를 채웠다. 가구나 그림, 옷을 신중히 고르긴 했으나 미적 감각이 뛰어나지 않았고, 음식이나 와인은 종류를 구분하지 못했다. 우리는 우리의 사회적 위치에 정확히 걸맞은 견고하고 안락한 삶을 누렸지만, 감각적 요소들은 양육 과정에서 완전히 배제되어 있었다. 기억을 더듬어 보자면, 내가 이 사실을 인지하게 된 건 어머니와 어머니의 유일한 여자 형제인 E 이모를 비교하면서부터였다. E 이모는 어머니의 지적 능력은 없으나 아름다운 손의 손가락 끝까지 예술적 감성이 흘러넘치는 사람, "질서와 아름다움, 호화와 고요, 그리고 쾌락"[6]의 분위기를 자신에게 성공적으로 부여한 사람이었다. 그래, 우리 집이 다른 집들과 그렇게 달랐던 이유는 아이가 열 명이나 있는 집이라면 당연히 있게 마련인 혼란과 제재 때문만이 아니었

---

6 프랑스 시인 샤를 보들레르(Charles Baudelaire, 1821~1867)의 시집 『악의 꽃』(*Les Fleurs du Mal*, 1857)에 실린 「여행으로의 초대」("L'Invitation au Voyage") 중 한 구절.

다. 우리 집에는 그보다 훨씬 더 근본적인 뭔가가 결여되어 있었다.

나는 그 잃어버린 요소들을 유년기 내내 본능적으로 갈망했던 것 같다. 하지만 그 요소들은 시간이 한참 지나, 어쩌면 너무 늦어버렸을지도 모르는 때에 내게 주어졌다. 그 요소들이 마침내 주어졌을 때 나는 엄청난 격변을 경험하지 않고는, 그리고 아마도 영원히 지속할 도취를 온 마음으로 겪지 않고는, 그 어떤 것도 받아들일 수 없었다.

열세 살 무렵, 어머니는 나를 기숙 학교에 보냈다. 당시 명성이 자자했던 그 학교는 우연히도 내가 사는 곳, 즉 조지 왕조 풍의 집, 널찍한 정원, 옆으로 가지를 뻗은 삼나무, 꽃이 핀 덤불의 매력을 여전히 간직한 런던 교외 지역과 가까웠다. 학교 운영자는 웨슬리 교파 소속의 저명한 여성이었다. 그곳으로 나를 보내기 전에 어머니는 우리 집안의 무신론적 견해를 스톡 선생님에게 훌륭히 설명했고, 나를 개종시키려 하지 않겠다는 약속을 해 달라고 부탁했다. 선생님은 약속했고 양심에 따라 성실히 이행했다. 스톡 선생님이 내게 대놓고 종교 이야기를 한 적은 없다. 그럼에도 나는 종교가 주는 숨 막히는 분위기 속에서 지냈다. 나는 추방당한

자, 버림받은 자라도 된 듯 마음이 답답했다. 가령 내가 침대 옆에 무릎 꿇고 앉아 저녁 기도문을 외지도, 그러는 척도 하지 않은 채 당당히 잠자리에 들 때면, 함께 방을 쓰는 세 명의 학우들이 경악하며 나를 질책하는 것만 같았다. 첫 한두 학기에는 정원을 거닐 때마다 곳곳에서 선배들이 나타나 내게 예수님을 사랑하지 않느냐고 물었는데, 그런 일은 끔찍하리만치 당황스러웠다. 나는 예배에 참석하고 성경 수업을 들었다. 일요일에는 하루에 두 번씩 예배당에 갔다. 그리고 우리 그리스도가 흘린 피에 대해, 인간의 영혼이 구원받아야 할 지독한 필요성에 대해, 영원한 반석으로 날아가 몸을 숨기지 않으면 언제든 떨어질 수 있는 무서운 심연에 대해 끝도 없이 들었다. 그들은 '유혹'으로 사방을 포위당한 사람들 같았고, '죄악'에 빠질지도 모른다는 공포심에 끊임없이 시달렸다. 죄악? 죄악이 뭐란 말인가? 저 뒤편 어둠 속에는 분명 순수한 소녀들이 관심 두지 말아야 할 불가사의한 공포가 어렴풋하지만 위협적인 자태로 서 있는 모양이었다. 그런데 심지어 아주 가까운 곳에도 극도로 주의하며 걷지 않으면 피할 수 없는 위험, 신이 도와주지 않으면 피할 수 없는 함정이 널려 있었다. 신의 도움 없이 그 함정들을 피해 다녀야 했던 나는 다행히도 아주 조심성 많고 타고나기를 양심적인 사람이었다. 그럼에도 알 수 없었다. '거짓 행동'이라는 끔찍한 범죄, 알아차리긴 너무 어렵지만 범하기는 너무도 쉬운 범죄가 남아 있었다. 책을 다 읽었다고 했지만 이해 못한 단어를 전부 찾아보지 않았다면, 그건 거짓이다! 그러면 특별 성경 수업이 소집되어 사람들 앞에서 '정신적, 도덕적, 영적으로 반쯤 죽은' 상태라는 말을 듣게 되고, 동료들은 그 사람을 위해 기도한다. 내가 직접 겪지 않았음에도, 이런 일화들을 들으면 나는 분노가 치밀었고 불안이 극에 달했다. 나는 대중의 질책을 받고 싶지 않았다. 학교에서 쫓겨나는 건 그보다 더 싫었으므로 나는 계속 공포에 질린 상태로 지냈다. 이 공포심은 한두 해 정도 지나고 나서 친구가 한 명 생겼을 때도 줄어들지 않았다. 줄기는커녕 오히려 반대였지만, 어쨌든 친구가 공포심을 견디는 데 도움이 되긴 했다. 우리는 마침내 우리 둘 다 '불가지론자'임을 알게 되었다. 그걸 어떻게 알아냈더라? 그에 대해 우리는 셀 수 없이 많이 추측하고 조심스레 탐험하지 않았던가? 거기다 루시는 자발적으로 불가지론자가 되었다는 점도 인정받아야 하리라. 아! 그 거룩한 안도감이란! 여기 나처럼 반항하고, 나처럼 몰래 셸리[7]를 읽으며, 프로메테우스가 예수보다 위대하다는 내 말을 이해해 주는 자가 있다. 우리는 더 과감히, 더 멀리 나아갔고, 사랑이나 결혼 같은 훨씬 더 위험한 주제를 이야기했다. 우린 사랑을 할까? 결혼을 할까? 우리의 영웅들은? 이상형은? 그리고 어른이라면 누구나 마음 한구석에 품고 있는 듯한 수수께끼, 그 대단하고 유혹적이며 금지된 수수께끼들은 뭘까? 그 수수께끼를 풀기 전에는 어떤 것도 이해할 수 없으리란 사실을 우리는 어렴풋이 알고 있었다. 하지만 오! 우리는 얼마나 순수하고 무지했던가! 우리의 호기심은 얼마나 정처 없이, 얼마나 잘못된 방향으로 나아갔던가! 올바른 길에서 얼마나 멀리 떨어져 있었기에 그 길을 발견하지도 못하고, 그러한 길이 있다는 사실조차 짐작하지 못했던가! 하지만 그 와중에도 우리는 이런 대화가 아주 위험하다는 사실을 알고 있었기에 대비책을 꼼꼼히 마련해 뒀을 때만 대화에 빠져들었다. 우리 둘은 마치 공모자라도 된 듯 선생님이 예고 없이 나타날까 봐 두려움에 떨었다. 선생님이 우리 대화를 들었을까? 분명 들었을 것

---

[7] 퍼시 비시 셸리(Percy Bysshe Shelley, 1792~1822). 영국의 대표적인 낭만파 시인으로 서사시 『해방된 프로메테우스』(*Prometheus Unbound*, 1820)를 썼다.

이다. 표정을 보면 알 수 있다. 우리는 죄책감에 마음이 무거웠다. 특별 성경 수업이 소집되는 날이면, 우리는 무서운 일이 벌어질지 모른다는 걱정에 무릎이 부딪힐 정도로 온몸을 덜덜 떨며 수업에 들어갔다.

하지만 우린 결국 탈출했다. 나는 큰 참사 없이 마지막을 맞았다. 스톡 선생님이 작별 인사를 하며 나를 바라봤는데, 특별 성경 수업의 중간 쉬는 시간에 볼 수 있는 특유의 부드러운 인자함이 안경 너머로 보였다.

"얘야, 네가 여기서 별로 행복하지 않았던 것 같아 안타깝구나. 이유를 말해줄 수 있겠니? 혹시 불만스러운 점이 있었던 게냐?"

"아뇨! 오, 아녜요! 아뇨!"

II

열여섯 살 생일이 꽤 지났을 무렵, 어머니는 나를 스톡 선생님 학교에서 데리고 나와 프랑스 학교에서 '사교계 준비'를 시키기로 결정했다. 나를 보낼 학교는 이미 정해둔 상태였는데, 어머니가 몇 년 전 이탈리아의 한 호텔에서 만난 이후 줄곧 친구 사이로 지낸 프랑스인 여성 두 명이 운영하는 곳이었다.

줄리 T 선생님, 그리고 카라 M 선생님은 내 유년 시절을 가끔 스쳐 지나간, 기억에 흐릿하게 남아 있는 인물들이었다. 누가 누구인지 구별이 잘 안 가긴 했지만, 외국 국적 때문인지 두 사람은 일종의 낭만적 분위기로 가득했다. 둘은 가끔 휴가 기간에 맞춰 우리 집에 짧게 머물다 갔다. 그리고 새해 첫날이면 거의 매번 프랑스어로 된 아동 도서를 내게 보내 줬는데, 『소피는 못 말려』를 시작으로 에르크만-샤트리앙의 몇몇 책을 거쳐 『소녀 파데트』와 『사생아 프랑수아』까지 단계별로 이어졌다.[8] 중간에 한 번은 어린이용으로 개작된 알퐁스 도데의 소설로 충격적이면서도 기분 좋게 지루함을 달래 주기도 했다. 나는 어머니와 프랑스인 보모 덕분에 프랑스어를 꽤 잘했으므로, 말은 별문제 없이 알아들었고 글은 막힘없이 읽을 수 있었다. 하지만 프랑스어로 된 책을 읽느라 허비하기엔 시간이 너무 소중했으므로, 나는 새해 선물로 받은 책들만, 그마저도 의무감에 예의상 읽었을 뿐이다. 스톡 선생님 학교에서 들은 프랑스어 수업은 죽도록 지루한 선생님이 맡아 그야말로 고문에 가까웠다. 나는 그 고문에서 벗어나려고 최선을 다해 즐거운 생각에 빠졌는데, 『수전노』[9]를 비롯한 고전 작품을 한 학기에 걸쳐 더듬더듬 읽어 나가다 중간중간 내 차례가 돌아와 두세 줄

---

8 『소피는 못 말려』(*Les Malheurs de Sophie*, 1858)는 세귀르 백작 부인(Comtesse de Ségur, 1799~1874)의 소설. 에르크만-샤트리앙은 에밀 에르크만(Émile Erckmann, 1822~1899)과 알렉상드르 샤트리앙(Alexandre Chatrian, 1826~1890)이 공동 집필할 때 사용한 필명. 『소녀 파데트』(*La Petite Fadette*, 1849)와 『사생아 프랑수아』(*François le Champi*, 1848)는 조르주 상드(George Sand, 1804~1876)의 소설.

9 『수전노』(*L'Avare*, 1668). 프랑스 극작가 몰리에르(Molière, 1622~1673)의 희곡.

번역해야 할 때만 잠시 수면 위로 올라오는 식이었다.

새 학교, 레자봉이라 불린 그곳은 파리 근교의 거대한 숲 속 가장 아름다운 곳 중 한 군데에 자리 잡고 있었다. 첫 해외 여행지였던 그곳을 나는 기쁜 마음으로 향했다. 여행은 신입생과 기존 학생이 섞인 여학생 무리와 함께 떠났고, 두 명의 교장 선생님, 당시 즐겨 부르던 호칭을 사용하자면 '부인들'이 우리를 인솔했다. 여행이 어땠는지는 잘 기억나지 않지만, 그때 느꼈던 흥분만은 기억에 또렷이 남아 있다.

학교는 자그마했다. 학생은 영국인, 미국인, 벨기에인을 다 합쳐도 서른 명이 채 되지 않았고, 교사는 독일어, 이탈리아어, 영어, 프랑스어 선생님, 음악 선생님, 그 외 몇 명이 더 있었다.

나는 마음에 쏙 드는 조그마한 침실을 태어나서 처음으로 온전히 혼자 쓰게 되었다. 그리고 내 기억에 그곳에서 처음으로 거울에 비친 내 모습을 봤다. 거울을 보려면 사생활이 철저히 보장되어야 하기 때문이기도 했지만, 솔직히 말해 그전까지는 거울 속 나를 보고 싶은 마음이 든 적이 없었다. 나는 과거와는 완전히 다른 환경에서 새로운 삶을 시작하고 있었다. 이곳에서 나는 버림받은 자, 구원의 공간을 벗어난 염소가 아니었으므로, 구원의 공간에 안전하게 모여 있는 웨슬리의 양들이 보내는 의심과 의혹의 눈초리를 받지 않아도 되었다. 상황이 완전히 달라져 높으신 분들의 이해와 동료들의 존중을 받는 것 같았고, 아주 존경받는 친구의 소중한 딸로서 삶을 새로 시작하는 것 같았다. 게다가 만약 프랑스인 교장 선생님들과 어머니 사이에 우정이란 게 정말 존재한다면, 두 선생님은 틀림없이 어머니의 '견해'를 알고 있을 테고 아마도 세 사람은 같은 생각을 품고 있으리라, 나는 그렇게 믿었다.

"근데 저 브라우니 요정처럼 쪼끄만 사람은 누구야?" 다음 날 아침, 길고 널따란 복도를 경쾌하고 부산스럽게 걸어다니는 작고 신기한 형체를 보며 내가 물었다.

"아, 시뇨리나야. 이탈리아어 선생님. 줄리 선생님 쪽 사람이지."

"그런데 말야!" 누군가 말했다. "독일어 선생님은 **과부**란 말이지!"

"응, 그리고 **전적으로** 카라 선생님 편이고!"

흥미로운 이야기다! 그때까지 나는 그런 이야기에 관심이 없었다. 학교에 도착하고 첫 며칠 동안 나는 다른 것들에

정신이 팔려 있었다. 주위를 가득 채운 새로움, 학교를 지배하는 특유의 무질서, 수다와 웃음, 외국말, 규칙의 부재, 특별하고 맛있는 식사, 나에겐 공기만큼이나 소중한 유쾌하고 자유로운 분위기에 온통 마음이 빼앗겨 있었다.

    당시는 봄에 시작해 여름에 끝나는 학기였는데, 나는 정말이지 온 세상과 함께 다시 태어나는 것만 같았다. 감각을 마비시키는 겨울이 손아귀 힘을 풀자 얼어붙은 대지가 녹아내렸고, 태양이 빛을 비추며 바람이 부드럽게 불어오자 숲에서는 제비꽃과 앵초가 망울을 들이밀었다. 길만 하나 건너면 숲이었다. 산책하러 나갔을 때, 그 길 하나만 건너면 대열에서 벗어나는 일쯤은 얼마든지 허용되었다. 우리는 원하는 곳 어디든 마구 달려가 꽃을 따거나 각종 놀이를 했다. 숲은 얼마나 아름다웠던가! 스톡 선생님 학교 주변, 빌라가 일렬로 늘어선 교외 지역에서 둘씩 짝을 지어 걸어 다니던 산책과는 너무도 달랐다. 그곳에서는 예비 숙녀임을 한 순간도 잊지 않되 다 같이 발맞춰 걸어야 했고, 절대 뒤처져선 안 되었다. 게다가 우리가 관심 있게 볼 만한 것이 주변에 전혀 없었으므로 대화만이 즐거움을 느낄 수 있는 유일한 방법이었지만, 말을 많이 하는 것은 허락되지 않았다.

그 첫 번째 아침 산책에서 내 짝꿍은 미미라는 이름을 가진, 쾌활하고 귀여운 여자아이였다. 미미는 학교에 사는 커다란 세인트버나드에 목줄을 채워 데리고 나왔는데, 그를 보살피는 일은 미미가 맡은 특별 임무였다. 미미는 숲에 들어서자마자 녀석의 목줄을 풀어 주었다. 그러자 그 커다란 녀석이 우리를 향해 돌진했고, 껑충 뛰어올라 우리를 넘어뜨리려 했다. 우리는 웃음을 터뜨리며 소리를 질렀고, 행복했다.

산책이 좋긴 했으나 학교로 돌아가는 것도 싫지 않았다. 새 학교에서 보내는 첫 일주일은 시간표를 짜면서 어떤 수업이 있는지 이야기하고 이름과 얼굴을 익히느라 바쁘게 마련이다. 나는 신입생이었음에도 기존 학생들 사이에서 금방 자리를 잡았고, 그들 대다수보다 프랑스어를 잘한 덕분에 방문 교수들의 강의와 줄리 선생님의 문학 수업을 듣기로 했다(학교에 가서 새로 알게 된 사실인데, 카라 선생님은 수업을 하지 않았다). 이탈리아어를 시작하고 독일어와 라틴어를 계속하기로 했다. 그리고 수학은 그만둬도 좋다는 허락을 받았다.

그때까지만 해도 줄리 선생님과 카라 선생님은 적어도 내게는 신의 영역에 속한 사람들이었다. 두 사람과 함께할 일이 거의 없기도 했고, 둘을 구분하려면 더 활기찬 사람은 줄리 선생님, 더 친절한 사람은 카라 선생님이라는 점을 떠올려야 할 정도였다. 어느 날 저녁, 개를 데리고 나왔던 미미라는 친구가 내게 말했다. "줄리 선생님이 파리에 가셔서 카라 선생님이 연구실에서 우리랑 커피 한잔 하고 싶으시대. 넌 지금 올라가. 난 할 일이 있어서 좀 있다 금방 따라갈게."

계단을 오르는 동안 몸이 약간 떨렸다. 스톡 선생님의 개인 응접실에 갈 때마다 엄숙한 분위기에 겁을 먹었던 기억이 떠올랐기 때문이다. 하지만 이번은 분명 다르리라. 그러길 바랐다.

카라 선생님의 연구실은 2층에 있었는데, 내 침실 거의 바로 옆이었고 복도 반대편에 자리한 '부인들'의 방과는 마주 보고 있었다. 문을 두드리자 들어오라는 소리가 들렸다. 카라 선생님은 소파에 누워 있었다. 나는 선생님이 아주 예쁘고 허약해 보인다고 생각했다. 리즈너 선생님이 카라 선생님의 발을 덮고 있는 숄을 정리하느라 카라 선생님 위로 몸을 숙이고 있었다. 방 안으로 들어서면서 나는 "아니, 아니야. 내가 얼마나 아픈지 아무도 신경 쓰지 않아."라고 말하는 카라 선생님의 목소리를 들었다. 카라 선생님은 이내 미소를 지으며 나를 돌아보았다.

"아! 올리비아구나. 들어오렴, 애야. 내 옆에 앉아서 사랑하는 네 어머니 소식을 들려주렴."

선생님의 낮은 목소리는 다정하게 어루만지는 듯했고, 말투에는 온화함과 연민이 가득 배어 있었다. 카라 선생님과 줄리 선생님은 나를 어린 시절부터 알았기 때문에 항상 나를 'tu'[10]라고 불렀다. 나는 그게 좋았다. 프랑스어의 이러한 특징에는 뭔가 굉장히 사랑스러운 느낌이 있어서 'you'만 사용하는 영어에는 안타깝게도 부재한 품위, 상냥함, 미묘한 차이를 더해 주는 것만 같았다.

리즈너 선생님은 내가 방에 들어서자마자 거의 바로 나갔고, 이어서 미미가 들어오자 우리 둘은 곧바로 대여섯 가지 사소한 일을 맡았다. 한 명이 오드콜로뉴[11]를 가져오면,

---

10 프랑스어에서 상대를 지칭하는 표현은 tu(튀)와 vous(부)가 있다. tu는 가까운 사이일 때, vous는 격식을 차릴 때 쓴다. 우리말로는 '너'와 '당신' 정도로 옮길 수 있다.

11 오드콜로뉴(Eau de Cologne). 향수의 한 종류. 조반니 마리아 파리나(Giovanni Maria Farina, 1685~1766)가 1709년에 만든 향수로, 독일의 도시 쾰른에서 만든 것을 기념하여 이름에 쾰른의 프랑스어 발음인 콜로뉴를 넣었다. 이 향수가 유럽 사교계에서 큰 인기를 얻자 다양한 향수가 오드콜로뉴라는 이름으로 판매되었고, 현재는 주로 농도가 옅은 향수를 가리키는 말로 사용한다. 우리나라에서는 오드코롱, 오데코롱으로 부르기도 한다.

다른 한 명은 손수건을 적셔 힘들어하시는 선생님이 이마에 손수건을 얹어 편두통이 누그러지도록 도와야 했다. 그리고 한 사람이 잠깐 부채질을 하는 사이, 다른 한 사람은 흘러내린 숄을 끌어 올려 선생님을 덮어 주어야 했다. 이 모든 사소한 수고로움에 카라 선생님이 지나치게 고마워했기에 우리는 즐거운 마음으로 일했고 분주하면서도 행복했다. 다음으로 우리는 선생님께 커피를 갖다드리고 찬장을 뒤져 초콜릿 상자를 찾아야 했다. 곧이어 선생님이 학교 사진첩을 내게 보여 주라고 미미에게 말했다. 나는 가장 최근 사진들에 흥미가 갔다. 사진 속 수많은 얼굴 가운데 아직 학교에 남아 있는 몇몇을 알아봤기 때문이다. 그런데 예전 학생 중 한 명에게 유독 눈길이 갔다. 그 아이의 얼굴은 다른 사람들 사이에서도 눈에 띄었는데, 외모는 평범한 쪽에 가까웠으므로 미모 때문에 눈에 띈 건 아니었다. 표정 때문이었다. 나는 그때까지 그런 얼굴을 본 적이 없었다. 아주 숨김없고 진솔하며 명랑하고 지적인 얼굴이었다. 하지만 내가 구체적으로 무엇에 그토록 매혹되었는지는 설명할 수 없었다.

"저건 누구야?" 내가 물었다.

"오, 로라야. 로라 ○○." 미미는 유명한 영국 정치인의 성을 말했다. "맞아, 그 사람 딸이야. 지난 학기에 학교를 떠났어."

그때부터 나는 사진첩을 넘길 때마다 사람들 사이에서 로라의 얼굴을 찾으려 했고, 로라를 발견할 때마다 기뻐서 소리를 질렀다.

"로라! 저기 로라야!"

"그 애가 좋으니?" 카라 선생님이 물었다. "난 그 애가 지독히도 못생겼다고 생각한단다. 우아함이 없어. 품위도 없고. 늘 너무 촌스럽게 옷을 입었지. 물론 머리 하난 물려받았지만."

카라 선생님 자신은 모든 사진에 아주 우아하고 나른한 모습으로 등장했는데, 선생님의 발치에는 가장 어린 아이들이 무리 지어 앉아 있었다.

"그런데 줄리 선생님은요?" 내가 물었다. "줄리 선생님은 왜 아무 데도 안 계시죠?"

"오, 사진 찍히는 걸 싫어해. 거의 광적으로."

그렇게 저녁이 마무리되었다. 그날은 내가 그때껏 학교에서 보낸 어떤 날과도 같지 않았고, 아주 빠르고 즐겁게 지나갔다. 하지만… 하지만… 마음이 아주 편안했다면, 카라 선생님의 연구실을 나서면서 알 수 없는 약간의 불편한 느낌이 드는 일은 없지 않았을까?

기다란 복도를 함께 걸어가면서 미미가 내 팔에 팔짱을 꼈다.

"카라 선생님은 로라를 좋아하지 않으셨어." 미미가 말했다. "로라는 줄리 선생님이 가장 아끼는 학생이었지."

III

레자봉에 온 지 일주일쯤 지났을 무렵, 저녁 식사를 마치고 나서 공지가 하나 전달되었다. 그날 저녁에 줄리 선생님의 낭독회가 있을 예정이라는 내용이었다.

시뇨리나가 눈을 반짝이며 내게 달려왔다. 시뇨리나는 나와 나이가 비슷할 정도로 어렸으므로, 나는 그녀를 돌봄 교사나 윗사람으로 여기지 않았다.

"오, 사랑하는 올리비아, 정말 잘 됐어! 네가 좋아할 거야. 난 알아."

우리는 이브닝드레스를 입고서 원한다면 자수 용품도 지참한 채 대형 음악실에 모였다. 나는 이 모든 일에 강제성이 전혀 없다는 사실에 놀라면서도 안도했다. 각자 자리를 잡고 앉자 자그마한 시뇨리나가 우리 사이를 사뿐사뿐 오갔고, 수를 놓는 아이들 곁에서 충고와 조언, 감탄과 조롱을 쏟아냈다. 나는 조롱의 대상이었다.

"이건 자수가 아냐!" 시뇨리나가 큰 소리로 말했다. "지긋지긋한 게으름뱅이 녀석! 이리 와서 내가 한 것 좀 봐!"

시뇨리나는 줄리 선생님 자리가 분명한 긴 등받이 의자 바로 뒤, 등받이가 없는 작은 의자로 나를 데려갔다. 아주 정교하고 투명하며 앙증맞은 자수, 아름다운 론 원단을 수놓은 조그만 바늘땀을 보자 나는 소리를 지르지 않을 수 없었다.

"오, 그치만 난 요정이 아닌걸요!"

우리가 웃음을 터뜨리는 사이 줄리 선생님이 음악실에 들어와 시뇨리나를 흘깃 보며 지나갔다.

선생님은 "허영 덩어리 녀석!"이라고 말하며 의자 쪽으로 걸어갔다.

시뇨리나는 얼굴을 붉히며 낙담한 듯 자수를 집어 들었다. 시뇨리나가 막 의자에 앉으려는 참에 리즈너 선생님이 들어왔다.

"카라 선생님께서 허브차를 끓여 달라고 하시네요, 바이에토 선생님." 리즈너 선생님이 말했다. "허브차를 제대로

끓일 줄 아는 사람은 바이에토 선생님밖에 없으니까요."

"오," 시뇨리나가 대꾸했다. "하지만 저녁 식사 전에 카라 선생님께 차를 드실지 여쭤봤는데, 그땐 괜찮다고 하셨는걸요."

"글쎄요." 리즈너 선생님이 말했다. "지금은 드시고 싶으시대요."

시뇨리나가 줄리 선생님에게 호소하는 듯한 눈빛을 보냈으나 줄리 선생님은 시뇨리나를 근엄하게 바라보며 말했다.

"가보거라, 얘야."

시뇨리나가 마지못해 방을 나가는 동안, 줄리 선생님은 책을 집어 들어 넘겨보았다. 그사이 나는 음악실 맨 뒤쪽 내 자리로 조용히 돌아가 앉았다.

"라신의 『안드로마케』[12]를 읽을 텐데," 줄리 선생님이 말했다. "시작하기 전에 여러분에게 몇 가지 질문을 하려고 합니다. 안드로마케에 대해 들어 본 사람 있나요?"

---

12 『안드로마케』(*Andromaque*, 1667). 프랑스의 극작가 장 라신(Jean Racine, 1639~1699)이 쓴 비극으로, 고대 그리스와 로마 시인들의 작품에서 주제와 인물을 빌려 왔다. 프랑스어 발음은 '앙드로마크.'

아무도 들어 본 적 없는 듯했다. 어쨌든 입을 여는 사람은 없었다.

"자, 자," 선생님이 말했다. "여러분 모두 그렇게 교육을 잘못 받았을 리는 없을 텐데요."

또다시 침묵이 잠깐 흐른 후, 내가 겨우 용기를 끄집어내 새된 소리로 내뱉었다.

"헥토르의 아내입니다."

"맞아요. 그럼 오레스테스의 아버지는 누구죠?"

이번에도 나는 선생님이 만족할 만한 대답을 내놓았다. (열두 살 때부터 나는 포프가 번역한 호메로스의 글[13]을 띄엄띄엄 읽지 않았던가? 사이사이 이해가 안 되는 부분은 그리스 신화의 수많은 이야기로 어떻게든 채워 넣으면서 말이다.)

선생님이 질문을 이어갔고, 나는 헤르미오네가 나올 때까지 모든 질문에 대답했다.

"그럼 헤르미오네는?" 선생님이 물었다.

"헤르미오네는 들어본 적 없습니다."

---

13 영국 시인 알렉산더 포프(Alexander Pope, 1688-1744)는 고대 그리스 시인 호메로스의 서사시 『일리아스』와 『오디세이아』를 번역하여 각각 1715년부터 1720년, 1725년부터 1726년에 걸쳐 출간했다.

"아!" 줄리 선생님이 말했다. "그럼, 오늘 밤에 헤르미오네 이야기를 듣게 될 거다. 앞으로는 헤르미오네도 기억해 두길 바란다. 어쨌거나 넌 대답을 잘했으니 이리 와서 내 옆에 앉거라."

줄리 선생님은 올라오라는 손짓을 한 후 내가 자신의 바로 옆자리, 불쌍한 시뇨리나의 의자에 앉도록 했다. 신화의 중요성을 잠깐 설명한 선생님은 뒤이어 피로스의 궁정 상황을 간단히 정리했다. 그러곤 책을 집어 들어 읽기 시작했다.

"그래, 내 이토록 충직한 친구를 다시 만났으니…."

❋ ❋ ❋

그날 밤 내 마음에는 불꽃이 타오르기 시작했다. 나는 가끔씩 그 불꽃을 일으키는 데 라신이 얼마나 영향을 미쳤는지, 선생님과의 거리는 또 얼마나 영향을 미쳤는지가 궁금했다. 만약 선생님이 읽어 주신 희곡이 라신의 작품이 아니었다면, 혹은 선생님이 우연히 나를 자신과 아주 가까운 곳, 우리가 서로 맞닿을 만큼 아주 가까운 곳으로 부르지 않았다면, 내가 아무런 의심 없이 지니고 다닌 가연성 물질은 불꽃

근처에도 가보지 못한 채 영원히 불붙지 못했을까? 아마 아닐 것이다. 머지않아 결국 불꽃이 일긴 했으리라.

    선생님 앞에는 탁자가 놓여 있었고, 탁자 위 램프가 선생님의 책과 얼굴에 빛을 비췄다. 나는 선생님의 옆쪽 아래에 앉아 옆모습에 가까운 선생님의 얼굴이 환하게 빛나는 모습을 바라봤다. 선생님의 낭독을 들으면서 나는 처음으로 선생님을 보았다. 보는 것과 듣는 것, 목마른 사람처럼 갈급하게 빠져든 내가 둘 중 어느 쪽에 더 열심이었는지는 잘 모르겠다. 그러다 문득 이것이야말로 아름다움, 위대한 아름다움이라는 생각이 들었다. 내가 익히 듣고 읽었으나 이해하지 못하던 것, 어쩌면 백 번도 넘게 마주했을 테지만 무심코 멍하니 지나친 것일지도 모른다는 생각이 떠올랐다. 물론 나는 예쁜 여자아이들을 본 적이 있고, 아름다운 여자아이들도 당연히 봤다. 하지만 나는 그들의 외모에 의식적으로 주의를 기울이거나 특별히 관심을 두지 않았다. 그런데 이번엔 뭔가 달랐다. 아니, 다르지 않았다. 단지 내가 뭔가에 처음 눈떴을 뿐이다. 나는 육체적 아름다움에 눈을 뜬 것이다. 그날 이후, 내가 그것을 보지 못하는 일은 두 번 다시 없었다.

얼굴 묘사를 제대로 할 수 있는 사람이 있을까? 얼굴을 묘사하고 싶은 마음을 물리칠 수 있는 사람은? 그런데 그 묘사라는 것이 대개는 항목 나열에 그치고 만다. 이를테면, 약간 넓적한 얼굴, 좁은 이마, 흰머리가 한두 가닥 섞인 검은색 머리카락, 가운데 가르마, 관자놀이에서 부드럽게 너울져 뒤통수에서 한데 모인 구불구불한 머리카락 같은 것들 말이다. 나는 그런 머리 모양을 그림이나 조각상을 제외하면 단 한 번도 본 적이 없었다. 깔끔하게 깎고 섬세하게 빗은 듯한 이목구비는 균형 잡혀 있었고, 코와 입술과 턱은 아주 단단하게 자리 잡고 있었다. 회색 눈동자는 어느 땐 맑고 투명하다가 또 어느 땐 캄캄해서 속은 들여다보이지 않되 불이라도 붙은 듯 강렬했다. 그날 밤 나는 라신 덕분에 그 눈이 표현하려는 바를 조금이나마 엿볼 수 있었다.

낭독자와 청자는 얼마나 이상한 관계인가. 놀랍게도 장벽들이 일제히 무너진다! 두드려 볼 생각조차 한 적 없는 문이 열리면, 청자는 갑자기 도시를 자유로이 누비게 된다. 금지된 구역에 들어갈지도 모른다. 감히 다가가지 못했고 앞으로도 다가가지 못할 영혼과 가장 신성한 제단 위에서 교감한다. 무기와 베일, 분별력과 신중함을 버린 영혼을 지켜

보면서 두려워하거나 부끄러워하지 않는다. 사랑을 돌려받지 못한 자는 시선을 고정한 채 귀를 기울이다 마침내 알게 된다. 한 번도 모습을 드러내지 않아 목숨을 바쳐서라도 알고 싶었던 것, 바로 그가 사랑하는 사람의 얼굴이 열정에 가득 차면 어떻게 변하는지, 그 이목구비에 경멸이, 분노와 사랑이 어떻게 내려앉는지 알게 된다. 사랑하는 그 사람의 목소리는 온화해지기도 하고, 부드럽게 떨리기도 하고, 질투와 슬픔에서 오는 분노로 갈라지기도 하는데…. 오, 하지만 이를 다 말하기엔 아직 너무 이르다! 이는 모두 나중에 시간이 흐른 뒤에야 떠오른 생각들이 아닌가.

라신의 작품 낭독은 이전에도 여러 번 들었고, 낭독자 중에는 유명한 사람들도 있었다. 하지만 줄리 선생님처럼 라신을 잘 읽는 사람은 없었다. 선생님은 단순하고 빠르게 읽어 나갔다. 배우가 부리는 기교나 가장을 더하지 않았고, 목소리를 높이지도 않았으며, 상아로 만든 기다란 편지칼을 손에 쥐고서 가끔씩 들어 올리는 것 외에는 어떤 동작도 취하지 않았다. 그럼에도 선생님의 엄숙한 몸가짐과 목소리는 단번에 나를 왕자가 거처하는 궁정, 격정적인 감정 속으로 데려갔다.

**모든 그리스인의 의사를 제 목소리를 빌려 말씀드리기 전에,
그리스 대표로 선출되어 자랑스럽게 여기는 점을 알아주시옵고,
또한, 폐하, 아킬레우스의 아드님이시자 트로이아의 정복자이신 폐하를
알현하는 기쁨을 표하는 것을 허락해 주십시오.**[14]

깊이 울리는 각운의 모음, 장엄한 시대, 대단한 이름들이 휩쓸고 지나간다. 이후 음악과 웅장함이 만들어 낸 파도에 몸을 싣고서, 불운한 운명을 타고난 네 사람이 걸어가는 삶의 과정, 속임수, 전진과 후퇴를 숨 쉴 틈 없이 쫓아간다. 그들은 삶 곳곳에 포진한 머뭇거림, 열정, 질투를 거쳐 죽음과 광란을 향해 한 걸음 한 걸음 내디딘다. 마침내 한 아이의 영혼은 뒤흔들리다 못해 쓰러져 버리고, 남녀가 품은 감정을 보지 못하도록 아이의 순수한 눈을 덮고 있던 장막이 아이 인생에서 처음으로 크게 찢어지고 만다.

그날 그 첫 낭독회에서 나는 라신의 희곡을 이해했던가? 오, 물론 아니다. 이후 수년간 겪은 경험을 바탕으로 당시를 회상하고 있진 않은가? 당연히 그러하다. 다만 한 가지 확실

---

14 장 라신, 『안드로마케』, 1막 2장, 오레스테스의 대사.

한 건, 내가 그날 처음으로 비극을, 공포를, 인간 삶의 복잡함과 측은함을 알게 되었다는 점이다. 영국인 아이가 셰익스피어가 아닌 라신을 통해 그 깨달음을 얻었다는 점이 좀 이상할 수는 있지만, 어쨌든 그랬다.

그날 밤 나는 반쯤 넋이 나간 상태로 잠자리에 들어 약에 취한 사람처럼 잠에 빠졌고, 다음 날 아침 새로운 세계, 흥분이 넘실대는 세계에서 눈을 떴다. 그 세계에서는 모든 것이 격렬하고 날카로웠으며, 모든 것이 낯선 감정으로 충만하고 기이한 수수께끼로 뒤덮여 있었다. 요동치는 화염의 한가운데, 나는 오로지 그 안에서만 존재하는 것 같았다.

아침 산책, 숲의 아름다움, 하늘, 달콤한 공기, 달리는 기쁨, 나는 그날 처음으로 이 모든 것을 의식하면서 즐겼다.

'알겠어.' 나는 마음속으로 외쳤다. '이제 알겠어. 삶, 삶, 삶, 이게 삶이야. 온갖 환희, 온갖 고통이 흘러넘칠 정도로 가득 찬 삶. 이 삶은 내 것이야. 꼭 끌어안고, 다 써버리고, 서서히 고갈시켜도 되는 내 것.'

수업은 또 어땠나! 나는 새로운 열정을 가득 품고서 수업에 들어갔다. 오 그래, 과거의 나는 꽤나 총명한 학생이었다. 하지만 그때는 다소 시큰둥하게 배움과 공부를 즐겼다면, 이젠 아주 다른 무엇, 지금껏 알지 못한 무엇이 있었다. 격정적 비밀, 내 것으로 만들지 못할 바에야 차라리 죽어 버리는 편이 나을 비밀이 라틴어 문법책 사이사이에 숨어 있는 듯했다. 단어들! 단어란 얼마나 놀라운가! 가장 단순한 단어조차 음악과 로맨스로 환히 빛나 나를 요정의 나라로 데려갔다. 지리! 오, 지도책을 펼쳐 놓고 앉아 궁금해하며 골몰한다. 이건 탑! 저건 나일강! 정글! 사막! 석호 안에 자리 잡은 태평양의 산호섬들! 히말라야의 녹지 않는 눈! 북극의 활활 타오르는 북극광! 끝없이 드러나는 마법의 세계들! 왜 전에는 이를 알지 못했던가? 역사! 사람들! 영웅들! 단두대와 화형대로 향하는 그들의 모습, 그들의 미소! 그들은 무엇에 목숨을 바쳤나? 신념, 자유, 진실, 인류! 이 단어가 진정 의미하는 바는 무엇인가? 이 질문의 답을 알아낼 때까지 나는 결코 쉴 수 없다. 그리고 민중! 양처럼 순종적이고 불쌍한 민중! 그들도 생각해 봐야 한다. 하지만 아직은 아니다. 아직은 감히 그들을 생각할 수 없다. 후에 적당한 때가 찾아올 것이다. 아직 나는 그 모든 무시무시하고 무의미한 고통을 실제로 마주할 만큼 강하지 않다. 아직은 내 마음 한 구석에 놓아두어야 한다. 지금, 지금은 더 강해져야 한다.

그러려면 아름다움과 환희라는 자양분을 섭취해야 한다. 그리고 무엇보다도 그 얼굴. 봐야 할 얼굴이 있다. 저 멀리, 식탁 끝 쪽에 앉아 있는 얼굴. 계단에서 지나친 얼굴, 갑자기 문을 열고 나오는 얼굴. 사람들과 이야기 나누는 얼굴. 사람들의 말을 경청하는 얼굴. 드물긴 하지만 이따금 책을 읽어주는 얼굴. 나는 이전엔 한 번도 얼굴을 본 적이 없었던가? 어째서 그 얼굴은 흘깃 보기만 해도 심장이 멎는가? 얼굴을 바라보는 행위의 어떤 점이 나를 이토록 매료시키는가? 어떤 얼굴이 더 내 마음에 드는가? 아무런 움직임도 없는 얼굴, 그래서 아주 반듯하고 엄숙하며 간결한 옆모습, 미세하게 올라간 입꼬리, 알아챌 수도 형언할 수도 없을 만큼 감동적인 희미하게 파인 볼, 창백한 피부 위로 떨어진 속눈썹, 눈썹 위 구불구불한 검은색 머리카락이 다 기억나는 얼굴? 아니면 쳐다보는 사람이 눈과 심장에 미처 담지 못할 정도로 재빨리 지나가 버리는 얼굴? 그 얼굴에서 오래도록 웃음이 떠난 적은 없다. 옅은 떨림이 미소로 번지다 번개처럼 번쩍하며 유쾌한 웃음소리가 한바탕 휘몰아치면, 얼굴에는 혈색이 돌다 못해 홍수처럼 넘쳐흘렀고 이목구비에는 생기가 돌았다. 나는 그렇게 멀리서 지켜봤다. 특히 식사 시간에, 좀 떨어져 있긴 하지만 반대편 자리에 앉으면 식탁 너머로 바라볼 수 있을 때, 그때 나는 그 얼굴을 마음껏 지켜봤다.

대형 식당에는 식탁이 세 개 놓여 있었고, 두 교장 선생님은 가운데 식탁에 앉았다. 두 사람은 프랑스식 관례에 따라 식탁의 긴 면 중앙에 각각 자리 잡고 앉아 서로를 마주봤다. 손님이나 방문 교수가 오면 두 사람의 양옆에 자리를 잡았다. 이 귀한 손님들은 특별한 요리를 대접받았는데, 대접하고 남은 음식이 있으면 학생들에게 나눠 주었다. 하루는 줄리 선생님이 음식을 받은 아이들에게 꼬치꼬치 캐물었다.

"요리가 마음에 드니? 솔직히 말해 보거라. 너희 영국식 로스트비프만큼 좋았니? 아니야? 맞아? 모르겠니? 아, 영국인들이란! 영국인들은 맛을 볼 줄 모른다니까. 그럼 올리비아, 넌 어땠니?"

"맛있었습니다!"라는 내 대답이 지나치게 열정적이어서 선생님이 웃음을 터뜨렸다.

"아하! 우리가 드디어 미식가를 찾은 건가? 하지만 감탄이 다가 아냐. 식별 능력도 갖춰야지. 비판할 만한 점은 없었니? 요리를 개선하려면 어떻게 해야 할까?"

"제 생각엔…." 나는 우물쭈물 망설이며 대답했다.

"그래, 말해 보거라!"

"어쩌면 레몬을 너무 많이 넣었는지도 모르겠어요."

"브라보!" 선생님이 소리쳤다. "칭찬받아 마땅해. 상을 줘야겠다."

다음 식사 시간에 냅킨 고리를 열심히 찾아다니던 나는 줄리 선생님의 냅킨 고리 옆에 놓인 내 냅킨 고리를 발견했다. 그곳, 선생님의 오른쪽 옆자리는 내가 레자봉을 떠날 때까지, 가끔 손님이나 방문 교수가 와서 우리를 갈라놓을 때를 제외하면 늘 내 차지였다. 이제 선생님은 거의 매번 내게 이런저런 특식을 직접 덜어줬고, 나를 '미식가 선생님'이라고 부르며 의견을 물었다. 내가 만족하면 선생님도 같이 웃었고, 와인을 마시지 않는 내가 아직 지나치게 '영국인답다'며 놀렸다. "그런데 혹시," 선생님이 말했다. "우리 *테이블 와인*[15]이 만족스럽지 않은 건 아니니?" 어쩌면, 정말 그랬는지도 모르겠다.

하지만 나를 취하게 하는 데 굳이 와인이 필요하진 않았

---

15 테이블 와인(vin ordinaire). 식사에 곁들여 마시는 와인으로 보통 고급 와인은 아니다.

다. 선생님 곁에 있는 것이라면 뭐든 나를 취하게 했다. 나는 그날 처음으로 선생님의 대화 반경 안에 들어갔다. 나중에 알게 된 사실이지만, 선생님과 나누는 대화는 비단 우리 학생들뿐만 아니라 우리가 이름을 조심스럽게 속삭이던 명망 높은 사람들 사이에서도 꽤나 명성이 자자했다.

집에서도 훌륭한 대화는 많이 오갔으므로, 나는 당연히 그런 대화에 익숙했다. 아니, 익숙해져야만 했다. 하지만 집에서 나는 그런 대화에 귀를 기울이지 않았다. 아이들이 주변에서 어떤 식으로든 훼방을 놓았다. 나는 어린아이들의 수준을 벗어나지 않는 곳, 아이들의 소란스러움이 가득한 곳에 살고 있었다. 어른들 혹은 그들이 나누는 대화에 관심을 가지기에는 방해 요소가 너무 많았던 것이다. 가끔 어른들이 나누는 대화를 들어 봐도 대개는 정치 관련 이야기였고, 그게 아니라면 언쟁이 오갈 때가 많았다. 어머니와 이모는 주로 집 안에 머물면서 열띤 토론을 끝도 없이 이어갔는데, 어머니는 예외 없이 늘 이치에 맞는 쪽이었고, 이모는 믿을 수 없을 정도로 비논리적이고 격정적이었다. 우리는 그 논쟁이 지루하다 못해 어떨 때는 짜증이 나기도 했다. 아버지는 우리가 보기에 무한한 지혜와 유머 감각을 지니고 있었지만, 말을 많이 하지 않았다. 대신 우리에게 과학이나 수학 관련 문제를 설명해 주는 것을 좋아했고, 가끔은 아주 절묘한 바보짓을 고안해 우리를 끌어들였다. 아버지는 이따금 우울하고 모호한 격언을 무심코 내뱉었는데, 우리는 그 말을 집안에서 자주 사용할 법한 친근한 표현으로 격상시켰다. 그러고는 누가 봐도 황당하고 뜬금없는 상황에서 그 말을 언급해 열띤 토론을 잠재우는 데 자주 사용했다. 우리 집을 찾은 이들 중 상당수는 저명인사였고, 우리는 그들을 존경했으나 그들이 하는 말을 듣진 않았다. 그들의 세계가 우리 세계를 침범하는 경우는 거의 없었다.

이곳은 얼마나 다른가! 줄리 선생님은 유머가 넘쳤다. 선생님의 번뜩이는 말은 민첩하고 우아한 벌새처럼 이리저리 쏜살같이 날아다녔다. 가끔은 날카롭고 신랄한 말을 던져 희생양을 잔인하게 마비시키기도 했다. 누구도 안전하지 않았다. 조금 전에 함께 웃던 사람이 바로 다음 순간 날카로운 반어법에 찔리기도 했다. 하지만 선생님은 풍자의 말을 던질 때 누가 봐도 유쾌한 분위기를 가미했으므로, 유머 감각이 조금이라도 있는 사람이라면 선생님의 말에 즐거워했다. 적어도 나는 프랑스식 유머로 훌륭하게 각색한 프랑스

말을 이해하는 법을 제대로 배웠다. 그렇다고 선생님이 풍자의 말만 쏟아낸 건 아니었다. 누구든 선생님이 하는 말에 전염성 강한 열정, 생기 넘치는 열의가 가득하다는 것을 느꼈고, 그러한 열정과 열의는 선생님이 교사로 성공한 비법이기도 했다. 선생님이 열정을 불어넣지 못하는 것은 없었다. 어떤 주제든, 다른 사람 손에서 얼마나 지루했든지 간에, 선생님에게 오면 되살아났다. 프랑스 개신교 집안의 전통문화 속에서 성장한 선생님은 여러 국가에서 저명한 남녀 인사들과 만나면서 즉흥적이고 개방적인 사고를 하게 되었고, 다양한 시각을 견지한 채 역설이 주는 자극을 즐기게 되었다. 아무리 둔한 학생이라도 선생님 옆에 있으면 생기를 얻었고, 명석한 아이들은 선생님이 건네준 프로메테우스의 불 덕분에 인생 전체를 온기와 색채로 가득 채웠다. 선생님의 오른편에 앉는 것은 그 자체로 교육이었다.

IV

그렇다고 내가 전통적인 학업을 경시했다거나 교우 관계를 충분히 쌓지 못했으리라 추측해선 안 된다. 선배 네댓 명은 나와 마음이 잘 맞았고 사이가 좋았다. 우리는 다른 학생들과 구분되는 '똑똑한 아이들'로, 수업 시간에 목소리를 높이고 줄리 선생님의 문학 수업과 낭독회에 참가했으며, 따로 선발되어 파리에 있는 교수들에게 글을 보냈다. '과제'라 불린 이 글은 우리 삶의 가장 큰 고역이자 즐거움이었다. 교수가 강의를 끝내면 우리는 강의 내용을 정리한 요약문을 작성하거나 수업 내용 중 한 부분을 골라 더 발전시켜야 했다. 그리고 습자책 열대여섯 장 정도를 채울 수 있으리란 기대에 부응해야 했고, 꽤 방대한 양의 장서를 찾아볼 수 있는 권한이 생겼으며, 목요일과 일요일에는 '중요한 사람들'을 위해 마련된 조그만 공부방에서 과제를 하며 오후 시간 대부분을 보내야 했다. *과제*를 완성해 금요일과 월요일 아침마다 **줄리 선생님**에게 제출하면, 선생님은 검토해 보고 괜찮은 것만 교수에게 전달했다. 우리가 신경 쓴 건 줄리 선생님의 의견이었다. 교수들은 대개 이제 막 시험을 통과한 젊은 남성인 듯했는데, 대학이라는 틀에 딱 맞게 주조되어서인지 미개한 땅에서 온 이상한 '소녀' 무리에게 이야기할 때면 길을 잃고 헤매기 일쑤였다. 어쨌든 우리는 대체로 이 교수란 사람을 엄청나게 경멸했는데, 사실 따지고 보면 그는 아주 불리한 처지에 놓여 있었다. 지나치게 풍부한 경험을 가진 데다 멀쩡히 살아 있는 지식인, 아주 특출난 인격과 빼어난 미모를 겸비한 인물, 바로 줄리 선생님 같은 사람과 비교당하는 시련을 자신도 모르게 겪어야 했으니 말이다.

첫 번째 *과제*가 기억난다. 코르네유와 '르 시드 논쟁'[16]에 관한 글이었다. 최선을 다했지만 여섯 장을 넘기지 못했다.

---

16 프랑스 극작가 피에르 코르네유(Pierre Corneille, 1606~1684)의 희곡 『르 시드』(*Le Cid*, 1637)는 삼일치 법칙 등 고전주의 규칙을 지키지 않았다는 비난을 받으며 '르 시드 논쟁'(Querelle du Cid)이라 불린 격렬한 논쟁에 휩싸였다.

내가 그 주제에서 짜낼 수 있는 최대치는 단순한 사실관계와 무미건조한 주장뿐이었다. 나는 어떤 식으로 공부해야 하는지, 어떻게 생각하고 글은 또 어떻게 구성하는지 전혀 감을 잡지 못했다. 절망적이었다.

선생님이 과제를 돌려준 날 밤을 기억한다. 만족스럽지 않아! 저녁 식사가 끝나고 나서였다. 우리는 검은색과 흰색 대리석이 정문까지 바둑판 모양으로 깔린, 일종의 산책용 갑판처럼 사용하던 길고 넓은 복도에 삼삼오오 모여 있었다. 그날 저녁은 줄리 선생님이 외출하는 날, 즉 저녁 식사를 하러 시내에 가든 저녁 파티에 참석하러 파리에 가든 선생님이 이브닝드레스를 입는 날이었다. 그런 날은 언제나 특별했으므로, 선생님을 따르는 이들은 그때마다 선생님의 근사한 모습도 보고 인사도 드릴 겸 한데 모여 있었다. 선생님이 계단을 미끄러지듯 내려오자 그 뒤를 시뇨리나가 부채와 장갑, 손가방을 들고 쫓아왔다. 선생님의 외출용 망토가 뒤로 젖혀져 있어 우리는 아무것도 걸치지 않은 선생님의 목덜미가 레이스와 새틴과 함께 희미하게 반짝이는 모습을 볼 수 있었다.

"*아!*" 나를 발견한 선생님이 말했다. "널 찾고 있었다. 여기 네 과제 받으렴. 좀 부족해!" 선생님은 과제를 가볍게 툭 던져 주고는 지나가 버렸다.

'좀 부족해!' 그래, 그거다! 그게 바로 나다! 부족해! 부족해! 그 말을 계기로 내겐 처음으로 열심히 해야 할 이유가 생겼다. 밭을 갈아 가능한 한 많은 재물을 캐내어 나에게도 뭔가가 있음을 보여 주고 싶었다. 선생님에게만은 꼭 보여 주고 싶었다.

학교에서 운영하는 프로그램 중에는 학생들을 데리고 파리에 가는 것도 있었다. 그래서 우리는 종종 파리의 명소나 교회, 미술관 등지로 구경을 갔고, 특별한 날이면 연주회나 연극을 보러 가기도 했다. 줄리 선생님이 무리를 이끄는 날이면 동행하는 학생이 절대 두세 명을 넘지 않았는데, 나는 늘 그중 한 명이었다. 최고의 날은 가끔 프랑세즈 극장으로 낮 공연을 보러 갈 때였다. 그래, 항상 프랑세즈 극장이었다. 당시는 프랑세즈 극장의 영광이 아직 쇠하기 전이었다. 위대한 전통이 여전히 존중받고 무사한 때였다. 물론 극장 밖에서는 그곳의 가치를 신뢰하지 못하거나 권위를 의심하는 마음, 새로운 기준과 가치, 새로운 방식을 따르고 싶은 마음이 진작부터 움트고 있었다. 센 강 한쪽에는 확실히 그런 마음들이 만연했고, 어쩌면 앙투안[17]이 이제 막 머리를 들어 올리는 참이었는지도 모르겠다. 하지만 우리는 이러한 용해제가 신성한 문을 직접 열고 들어가 모든 것을 녹여 버리기 전에는 그것이 얼마나 치명적인지 알지 못한다. 내가 어릴 때만 해도 코메디 프랑세즈는 여전히 위상이 대단했다. 소속 배우들은 고개를 한껏 높이 치켜들고 다녔고, 그중에는 이름만 들으면 알 만한 유명인도 있었다. 신이 그들에게 완벽한 연기 기술을 선사했고, 그 기술은 다른 사람이 침범할 수 없는 그들만의 권리였다. 의심, 실패할지 모른다는 두려움, 열정 부족, 타인의 성공을 시기하는 마음 따위는 그 위대한 극장에 단 한 방울의 독도 타지 못했다.

그러니 내가 처음으로 1층 특별석의 줄리 선생님 옆자리에 앉아 불행한 운명을 예견하는 세 번의 두드림[18]을 듣고 양옆으로 미끄러지듯 걷히는 거대한 장막을 본 그 순간은, 당연히 내게 결코 잊을 수 없는, 가장 순수한 기쁨의 순간이었다. 막이 열리자 아름다운 상상력, 낭만적 냉소, 정교한

---

17 앙드레 앙투안(André Antoine, 1858~1943). 연극 연출가, 배우, 영화감독 등으로 활동했으며, 프랑스 현대 연극에 지대한 영향을 끼쳤다.
18 세 번의 두드림(trois coups). 막대로 무대를 세 번 쳐서 연극의 시작을 알리는 프랑스 연극의 전통을 말한다.

우아함이 하나의 장면으로 펼쳐졌다. 들로네가 뮈세의 남자 주인공을 연기했고, 라이헨베르크는 순진한 처녀, 고는 수도원장, 마들렌 브로앙(훨씬 더 명성이 드높던 시절부터 그때까지 살아남은 생존자)은 늙은 후작 부인이었다.[19] 더없이 황홀한 존재들, 모든 대사와 움직임에 재치와 기품이 깃든 존재들, 관객의 마음을 한 방울씩 물들이다 완벽한 마무리로 달콤한 만족감을 선사하는 존재들!

다음은 막간이었다. 활기찬 파리 시민들이 길고 널따란 로비에 모여 웅성거렸고, 우리는 그들 사이를 비집고 돌아다녔다. 로비의 한쪽 끝에는 볼테르가 안락의자에 장난스럽게 앉아 있었고, 반대편 끝에는 지치고 우울한 몰리에르가 있었다.[20] 한쪽 벽에는 커다란 창들이 길게 이어져 북적대는 광장이 내려다보였다. 반대편 벽에는 몰리에르의 집[21]을

---

19 루이아르센느 들로네(Louis-Arsène Delaunay, 1826~1903), 수잔느 라이헨베르크(Suzanne Reichenberg, 1853~1924), 에드몽 고(Edmond Got, 1822~1901), 마들렌 브로앙(Madeleine Brohan, 1833~1900)은 모두 코메디 프랑세즈에서 활동한 배우. 알프레드 드 뮈세(Alfred de Musset, 1810~1857)는 프랑스 작가로 다수의 시, 소설, 희곡을 남겼다.
20 코메디 프랑세즈 극장에는 프랑스를 대표하는 극작가 볼테르(Voltaire, 1694~1778)와 몰리에르(Molière, 1622~1673)의 조각상이 있다.
21 코메디 프랑세즈 극장은 몰리에르의 집, 프랑세즈 극장으로도 불린다.

대표하는 신들의 흉상이 진열되어 있었는데, 여성의 흉상도 하나 있었다. 막간이 끝나면 나는 기분이 고조된 채 1층 특별석으로 돌아갔다. 막이 걷히자 이번에는 카이사르의 궁정이 나타났다. 연극은 『브리타니쿠스』였고, 무네쉴리[22]는 아직 본색을 드러내지 않은 네로였다. 우리는 사악한 열정이 차츰차츰 차오르는 그의 표정을 보았고, 점점 더 거칠고 빨라지다 욕망과 증오심, 잔인함으로 가득 차는 목소리를 들었다. 유혹자가 조용히 그의 뒤로 다가가 교활한 충고를 독약처럼 귓속에 떨어뜨렸다. 씰룩대는 표정엔 요동치는 마음이 드러났으나 몸은 미동조차 하지 않았다. 선함의 경계가 서서히 무너지고, 사악함이 점점 더 속도를 내 몰려왔다. 아그리피나의 비난에 잠시 멈췄던 괴물은 이내 범행을 저질렀고, 죄책감에 초조하고 불안해했다.

 … 그의 흔들리는 눈은

 감히 방황하는 시선을 들어 하늘을 올려다보지 못했습니다.[23]

---

22 장 무네쉴리(Jean Mounet-Sully, 1841~1916)는 코메디 프랑세즈에서 활동한 배우.
23 장 라신, 『브리타니쿠스』(*Britannicus*, 1669), 5막 8장, 아그리피나의 시녀인 알비나의 대사.

그러면서 네로는 어머니 곁에서 재빨리 벗어나 그녀가 예언한 끔찍한 운명을 생각했다.

가장 행복한 때는 줄리 선생님이 나만 데리고 파리로 가는 날이었다. 그런 날은 한없이 행복하지만 한없이 피곤하기도 했다. 선생님은 내 손을 잡고서 루브르의 여러 전시관을 질주했는데, 그러는 동안 끊임없이 말을 쏟아 냈다. 아마도 그림이 선생님을 흥분시켰으리라. 그러다 마음에 드는 전시실에 다다르면, 선생님은 특별히 사색에 잠길 만한 명화 한 점을 골라 그 앞에서 시선을 고정한 채 침묵에 잠겼다. 내 기억에 선생님을 사색에 잠기게 한 작품은 조르조네의 〈전원 음악회〉, 바토의 〈무심한 남자〉, 〈엠마오의 순례자들〉, 샤르댕의 그림, 코로의 그림이었다.[24] 나는 선생님 옆에 서서 그 그림들을 이해해 보려 했다. 선생님은 가끔 "자, 이제 **네가** 좋아하는 그림들을 보러 가거라."라고 말했다. 나는 선생

---

24 조르조네(Giorgione, 1477c~1510)는 이탈리아의 화가. 〈전원 음악회〉(*Le Concert Champêtre*)의 작가가 조르조네인지에 관해서는 논란이 있다. 〈무심한 남자〉(*L'Indifférent*)를 그린 장앙투안 바토(Jean-Antoine Watteau, 1684~1721)는 프랑스 화가. 〈엠마오의 순례자들〉(*Les Pèlerins d'Emmaüs*)은 네덜란드 화가 렘브란트(Rembrandt, 1606~1669)의 작품. 샤르댕(Jean-Baptiste-Siméon Chardin, 1699~1779)과 코로(Jean-Baptiste-Camille Corot, 1796~1875)는 모두 프랑스 화가.

님이 나를 다른 곳으로 보내기 위해 그 말을 했다고 생각해 자리를 옮겼다. 하지만 내가 가장 좋아하는 그림들은 늘 선생님이 내 시야에 들어오는 곳에 걸려 있었다. 선생님은 잠시 후 내 곁으로 다가와 그림을 한 번 흘긋 보고는 자못 경멸적인 어투로 말했다. "나쁘지 않구나!" (하지만 내가 고를 수 있는 그림이 많지 않았다는 사실을 선생님은 짐작도 못 했으리라.)

그러고 나면 선생님은 다시 수다를 늘어놓기 시작했는데, 나한테 하는 말이라기보다는 혼잣말에 가까웠다. 이 그림을 모두 예술 작품으로 만드는 공통 요소가 뭘까? 네가 한번 말해 보겠니? 캔버스 천, 유화 물감, 안료 같은 물질적 재료로 어떻게 비물질적 효과를 만들어 낼까? 조형 예술! 조형 예술이 다른 예술과 어떻게 다른지, 문자로 표현한 예술인 문학과는 또 어떻게 다른지 생각해 본 적 있니? 특히 가장 순수한 예술인 음악과는 뭐가 다르지? 아니, 음악은 가장 불순한 예술인가? 바토의 그림이 병자가 그린 그림, 꿈속으로 달아나야만 육체의 고통에서 벗어날 수 있는 남자가 그린 그림이라는 사실을 눈치챘니? 천상에서나 볼 법한 찬란한 환영들이 사실은 피를 토하는 남자의 피난처였음은?

〈키테라 섬의 순례〉에 형체는 없고 금세 사라져 버릴 빛과 색만 남아 있음을 알아차렸니? 그런데 바로 그 회화 기술로 더 이전에는 〈엠마오의 순례자들〉이 탄생했단다. 어린 무신론자여, 그 그림의 어둠과 광채에서 신의 힘과 기독교의 의미를 느껴 보거라. 그 외에도 많은 이야기가 이어졌다. 허공에 무작위로 뿌려진 씨앗 중 일부는 뿌리를 내렸고, 일부는, 아 아쉽게도, 영원히 사라졌다.

다음으로 선생님은 나를 유명한 제빵사가 있는 곳으로 데려가 내게 케이크와 초콜릿을 잔뜩 먹이고 선생님도 본인 몫을 즐겼다. 그러고 나면 친구들을 찾아가기도 했다. 제자와 결혼한 전 총리의 집을 방문하거나(나는 사람들이 여전히 그를 총리님이라고 부르는 것을 들으며 일종의 경외감을 느꼈다) 가난한 교수 남편을 먼저 떠나보낸 과부를 찾아갔는데, 그녀는 라틴 지구에서 아이 서너 명을 힘겹게 키우고 있었다. 유명 화가의 작업실에 가기도 하고, 쉬는 날에 맞춰 프랑스 한림원[25] 회원의 집을 방문하기도 했다. 어딜 가든 선생님은 환영과 존경, 과하다 싶을 정도의 친절한 대우를 받았고,

---

25 프랑스 한림원(아카데미 프랑세즈)은 프랑스어 표준화와 학술 진흥을 담당하는 기관. 1635년에 설립했고, 40명의 종신회원으로 구성된다.

대화를 주도하며 웃음과 화기애애한 분위기를 이끌었다. 나는 말없이 구석 자리에 앉아 이 프랑스 사람들에게 감탄했다. 그들의 순간적인 재치, 머릿속 일들을 향한 한결같은 관심, 이 모든 명민함의 표면 아래 숨은 심오한 진지함에 감탄했다.

집을 나설 때면 선생님은 내게 그 집 사람들에 관해 간략히 설명해 주었는데, 선생님이 알고 있는 몇 가지 비극과 투쟁, 성공과 실패에 관한 이야기였다. 음식을 거부하다 죽기 직전까지 갔던 소녀 이야기를 할 때는 "하지만 난 그 애 손을 잡고서 하루에 두 시간씩 말하게 했다. 가까스로 그 애를 치료하긴 했지만… 굉장한 인내심이 필요한 일이었지."라고 덧붙였다. 자기 자신에게 총을 쏜 소년 이야기도 했다. 소년은 사랑 때문에 죽는다고 생각했지만, 사실은 가난한 어머니가 그를 혹사했기 때문이었다. "아! 정말 끔찍했다! 그런 슬픔은 고칠 수도 없거든." 한 젊은 여성이 겪은 절망에 관해서도 이야기했다. 그녀는 일주일 만에 아이 셋과 남편을 디프테리아로 잃고, 몇 달 후 남편의 가장 친한 친구의 아내가 되었다. 젊고 아름답고 재능 많은 마거릿 X는 대단히 뛰어난 석학과 최근 결혼했는데, 그 석학은 난쟁이 꼽

추였다. "불쌍한 것! 하지만 누구든 그 아이의 눈을 보면 그 애가 절대 불행하지 않다는 걸 알 수 있단다. 신비주의의 신부여!"

낯설고 새로운 세계가 사방에서 열렸다. 삶을 덮고 있던 장막들이 하나씩 천천히 걷히자 더 많은 장막과 수수께끼가 저 너머 어딘가에서 나타났다.

게다가 그 시절의 배경과 무대는 사랑스럽고 아름다운 파리였다. 런던의 아름다움에 아직 눈뜨지 못한 내게 파리가 영혼 깊이 내려앉았다. 나는 파리를 잘 알지 못했지만, 영국인 소녀가 가진 보잘것없는 지식 안에서 파리는 내가 사랑한 모든 것의 진수이자 상징이었다. 어디서도 본 적 없는 불빛이 파리를 흠뻑 적셨고, 강물이 파리의 심장을 스스럼없이 관통하며 흘러갔다. 웅장한 궁전, 선착장. 그리고 다리, 동서를 번갈아 보며 어느 쪽 경치가 더 매혹적인지, 샹젤리제의 작은 숲과 노트르담 성당의 첨탑 중 어느 쪽이 더 감동적인지 궁금해했던 곳. 이 모두가 나를 환희로 가득 채웠다. 이따금 차를 타고 거대한 콩코르드 광장을 가로지를 때면 정신없이 흐르는 삶, 분수, 오벨리스크가 스쳐 지나갔고, 한쪽 모퉁이를 돌면 크레이프 천을 두른 스트라스부르

조각상[26]이 나타났다. 오! 조각상을 덮은 장막이 내 심장을 얼마나 세게 내리치던지! 슬픔의 기념비가, 죽음과 패배를 떠올리게 하는 조각상이 그 모든 삶과 유쾌함 속에 놓여 있었다. 저 멀리 서쪽으로 시선을 돌리면, 황금빛으로 물드는 하늘이 개선문 너머로 보였다. 태양이 지고 있었다. 하지만 기세등등하고 명예롭게, 형언할 수 없는 다정함을 세상에 뿌리며 작별 인사를 하고 있었다. 얼마 지나지 않아 파리가 불을 밝혔다. 반짝이는 반딧불이처럼 가로등이 하나둘 가로수 사이로 모습을 드러냈다. 잠시 후 대로변이 불길에 휩싸인 듯 환해졌다. 흥분이 회오리바람처럼 나를 감쌌다. 극장, 카페, 뮤직홀! 군중을 사로잡은 열기란 무엇인가? 그들은 무엇에 취하는가? 나는 알고 싶었다. 그들의 즐거움 속으로 돌진해 그들의 삶과 환희를 한 모금 들이켜고 싶었다. 그렇지만 아니다, 아직은 때가 아니다. 나는 아직 어린아이에 불

---

26 콩코르드 광장에는 프랑스의 여덟 개 도시를 상징하는 조각상이 있는데, 스트라스부르 조각상도 그중 하나이다. 스트라스부르는 프랑스와 독일의 경계 지역에 위치해 여러 번 소유권이 바뀌었고, 프랑스-프로이센 전쟁(1870~1871) 이후 독일 제국의 영토가 된다. 그때부터 중요한 날마다 스트라스부르 조각상에는 검은색 천이 덮였고, 이 관행은 1918년 1차 대전이 끝나면서 스트라스부르가 다시 프랑스 영토로 귀속될 때까지 이어졌다.

과한 데다 어느새 학교로 돌아갈 시간이었다. 기차를 한 시간 넘게 타고 가야 했으므로 더는 지체할 수 없었다.

    그 시간에 기차를 타면 대개 아무도 없었다. 줄리 선생님은 희미하게 불을 밝힌 객차 안 한쪽 구석에 등을 기댄 채 앉아 있곤 했고, 나는 반대편에 앉아 선생님을 바라보는 것이 좋았다. 선생님은 눈을 감고 있는 경우가 많았으므로, 나는 예의에 어긋나는 일 없이 오랫동안 선생님을 바라볼 수 있었다. 그래, 선생님은 잠든 게 아니라 단지 피곤할 뿐이었다. 나는 뺨 위에 내려앉은 속눈썹, 살포시 감긴 눈꺼풀을 바라보았다. 선생님은 피곤해 보였나? 피곤함보다는 슬픔에 가까웠다. 슬픔보다는 진중함에 가까웠다. 그래, 살짝 올라간 입꼬리에는 비통함이 아니라 아주 특별한 다정함, 아주 특별한 진중함, 아주 특별한 고귀함이 배어 있었다. 선생님은 무슨 생각을 할까? 감은 눈꺼풀 뒤에서는 무슨 일이 벌어지고 있을까? 과거엔 어떤 삶을 살았을까? 고통스러웠을까? 고통받지 않았다면 지금의 엄숙함은 나타나지 않으리라. 사랑을 한 적은 있을까? 누구를 사랑했을까? 당시 나를 집어삼킨 열정은 강렬한 호기심이었던 것 같다. 한번은 선생님이 갑자기 눈을 떠 나와 시선이 마주쳤다. 선생님이 잠시 나를 바라봤고, 나는 눈을 돌리지 못할 만큼 매혹당한 채 얼어붙었다. 꿰뚫어 보는 듯한 그 시선은 불친절하진 않았지만 두려움을 불러일으켰다. 선생님은 뭔가를 찾아내려는 듯 나를 유심히 쳐다보았다. 선생님은 무엇을 봤을까?

"이리 오렴." 마침내 선생님이 입을 열었다. "이리 와서 내 옆에 앉거라."

선생님은 아마도 내 시선이 견디기 힘들어 그렇게 말했을 것이다. 내가 옆에 앉자 선생님은 아주 잠깐, 심장이 한 번 뛰는 그 잠깐 동안, 내 손 위에 자신의 손을 올려 두었다. 나는 뭔가를 간절히 바라듯 손바닥을 뒤집어 선생님의 손을 움켜쥐려 했다. 하지만 선생님은 슬며시 손을 빼고는 다시 구석에 몸을 파묻은 채 몽상에 잠겼다.

V

온갖 새롭고 재미난 일에 빠져 지내던 나는 학교에 불안한 기운이 감돈다는 사실을 첫 학기가 시작하고 한참 지나서야 알아차렸다.

지금까지는 카라 선생님을 아주 조금밖에 언급하지 않았지만, 카라 선생님 역시 학교 전체에 상당한 영향력을 발휘하는 사람이었다. 말하자면, 병약한 자의 영향력이었다. "오," 처음에 아이들은 말했다. "카라 선생님은 건강이 좋지 않으셔서 학교 일을 많이 못 하셔. 저학년 수업만 맡으시지." 하지만 그마저도 매일 하는 건 아니었고, 몸 상태가 좋을 때만 가능했다. 그런 날이면 시간표는 뒤죽박죽 엉망이 되고 다른 일정은 모조리 취소되었다. 수업, 산책, 자습, 그게 뭐든 없던 일이 되고 말았다. "저학년은 카라 선생님께로!"라는 외침이 울려 퍼지면 아이들은 우르르 몰려나와 쏜살같이 달려갔다. 카라 선생님은 자기만의 방식으로 아이들을 치켜세우고 회유하여 즐겁게 해주었다. 하지만 내가 보기에 다들 그렇게 즐겁지만은 않았던 것 같다. 변칙이 생기니 질서가 무너졌다. 수업은 제대로 진행될 리 없었다. 저학년 프랑스어 수업은 갑자기 시작한 만큼 갑자기 끝나는 경우 역시 비일비재했으므로, 근무일이 아닌 선생님들은 언제든 불려 갈 수 있도록 항시 대기하고 있어야 했다. 선생님들은 긴장한 표정으로 조용히 카라 선생님 방을 나오면서 "편두통이야!"라고 속삭였다. 어떨 땐 "오늘 또 우셨어."라고 말하기도 했다. 그런 날이면 카라 선생님은 식사 시간에 나타나지 않았고, 줄리 선생님은 눈에 띄게 불안해하며 날카롭게 쏘아붙이거나 아예 말을 하지 않았다. 그러곤 디저트를 빨리 가져오게 해서 우리가 마지막 한 입을 다 삼키기도 전에 식사를 마무리 지었다.

"카라 선생님은 어디가 안 좋으신 거예요?" 나는 시뇨리나에게 물어보았다.

"아무도 몰라. 내 생각엔 별거 아냐. 본인이 원하실 땐 다른 사람들 못지않게 건강하신걸. 지난번 휴가 땐 편두통이

한 번도 없으셨어. 뭐든 못하시는 일이 하나도 없었지. 연극, 음악회, 산책, 다 가셨거든. 계속 학교 밖을 돌아다니셨고."

"어쩌면 너무 많이 돌아다니셨는지도 모르겠네요."

"그럴지도. 어쨌든 줄리 선생님이 돌아오신 날 편두통도 재발했어."

"의사는 만나 보세요?"

"가끔. 의사가 명확하게 처방을 내리는 것 같진 않아. 종종 수면제를 처방하는 정도지. 줄리 선생님은 늘 '별거 아니라고 의사가 말하더구나.'라고 하셔. 의사가 뭐라 하든 어차피 줄리 선생님은 엄청나게 걱정하시지만. 내 생각엔…."

"시뇨리나 생각엔요?"

"카라 선생님이 일부러 그러시는 것 같아."

"일부러 왜요?"

"줄리 선생님을 걱정시키려고. 그리고…."

"그리고 뭐요?"

"리즈너 선생님이…."

"네?"

"카라 선생님을 부추겨."

"왜요?"

"나야 이유를 알지만…. 그나저나 잡담은 충분히 한 것 같네. 이제 소네트를 읊어 봐."

나는 낭송을 시작했다.

나의 여인은 아주 상냥하고 고결하여

그녀가 사람들에게 인사를 건네면,

다들 혀가 떨려 말을 하지 못하고,

감히 눈을 들어 그녀를 보지 못하네.[27]

소네트는 어렵지 않게 외웠다.

이유가 뭐건 리즈너 선생님과 시뇨리나는 서로 몹시 싫어함이 분명했다. 두 사람은 경쟁 관계인 '카라 파'와 '줄리 파'의 수장 격이었다. 그래, 확실히 그랬다. '줄리 파'는 중력에 이끌리듯 자연스레 시뇨리나에게 가서 이탈리아어를 배웠고, '카라 파'는 리즈너 선생님에게 독일어를 배웠다.

"내가 이겼어." 어느 날 아침 니나가 미미에게 말했다. "널 두고 내기를 했었거든, 올리비아."

---

27 이탈리아 시인 단테 알리기에리(Dante Alighieri, 1265~1321)의 『새로운 인생』(*La Vita Nuova*, 1294)에 실린 시.

"오, 재밌네!"

"안타깝게도 내가 졌어." 미미가 말했다.

"맞아, 널 처음 봤을 때부터 난 네가 줄리 파가 될 줄 알았다니까. 내가 일주일이면 충분하다고 했잖아. 그렇지, 미미?"

"응." 미미가 침통하게 대답했다. "네가 이겼어."

그러니까 나는 줄리 파였다. 나를 부르는 명칭 따위야 별로 중요하지 않았지만, 어쨌든 내가 두 명의 수장 중 한 명을 선택하는 데 일주일이 채 걸리지 않았다는 말은 사실이었다. 그럼에도 카라 선생님은 내게 한없이 친절했다. 선생님은 나와 미미, 그리고 다른 아이들 한두 명을 연구실로 자주 불러 함께 커피를 마셨다. 사랑스러운 애칭으로 나를 불렀고, 사랑하는 내 어머니와 동생들의 안부를 물었으며, 내가 아주 명석하다고 들었다면서 학교의 명예를 빛내야 한다고 말했다. 내 옷차림도 칭찬했다. 선생님은 아주 친절하고 다정했지만 어쩐지 나는 불편했다. 얼마 지나지 않아 나는 연구실에 가기가 두려워졌다. 선생님의 감언이설과 회유도 거슬렸다. 어느 날 카라 선생님은 못마땅한 듯 나를 쳐다보며 말했다.

"넌 날 좋아하지 않는구나, 아가. 이유가 뭐지? 내가 친절하지 않았던 거니?"

"오, 선생님." 나는 겁에 질려 소리쳤다. "당연히 친절하셨어요. 아주, 아주 많이요. 진심으로 감사드려요."

"그만 나가 보거라!" 선생님이 퉁명스레 쏘아붙였다. "서재로 내려가. 그게 네가 원하는 바일 테니."

그때 나는 그 말이 맞는다는 것을 알았다. 나는 카라 선생님을 좋아하지 않았다. 카라 선생님의 연구실보다 서재가 더 좋았다. 오, 훨씬 더. 우쭐할 일도 달콤한 말을 들을 일도 없는 그곳, 가끔 푸대접을 받거나 무시당하고 또 가끔은 열정, 흥분, 환희가 더할 나위 없이 최고조에 달하는 그곳이 나는 훨씬 더 좋았다.

VI

레자봉에서 세 학기를 보냈지만 경험이 쌓인 정도를 학기별로 나누는 일은 불가능하다. 게다가 나는 이 이야기에서 중요한 사건들이 정확히 어떤 순서로 일어났는지도 완벽하게 기억하지 못한다. 예를 들어, 로라는 언제 왔던가? 여름이 지나고 나서였나, 아니면 크리스마스 방학이 끝나고 나서? 사실 방학은 내게 그다지 중요하지 않았다. 방학이란 그저 지나가는 시간, 잠깐의 멈춤에 불과했다. 물론 그렇게 멈춰 있는 동안에도 내 몸과 마음은 계속 자라고 성장해서 형태를 잡아갔는데, 다만 내가 그 사실을 알지 못했을 뿐이다. 방학이 되면 나는 살아있는 것 같지 않았다. 누군가 나라는 배역에 푹 빠진 척 연기하는 동안, 진짜 나는 다른 곳에 있는 것만 같았다.

집에서도 학교에서도 내 인생의 가장 첫 번째 시기는 절대 불행하지 않았다. 유쾌함이 넘쳤고, 대화가 이어졌으며, 친구들이 있었다. 게다가 학교 아이들은 내가 편애받는다는 사실을 당연히 알 수밖에 없었음에도, 나는 한 번도 그들의 질투나 부러움, 반감을 느낀 적이 없었다. 내가 마음속으로 업신여기며 보통 사람들이라고 불렀던 이들은 부러운 마음을 품을 리 없었는데, 그들은 내가 누린 특권을 원하지도 않았고 아마 알아채지도 못했던 것 같다. 다른 사람들, 예컨대 내 친구들이나 나와 비슷한 부류는 나를 부러워했을지도 모르겠다. 하지만 그들은 내가 그 모든 것을 받아 마땅하다고 여겼던 듯하다. 그들이 줄리 선생님의 관심을 높이 평가하지 않은 건 **결코** 아니다. 오 그래, 그들은 그것의 값어치를 알고 있었다. 그런데도 그들은, 이유는 알 수 없지만, 선생님의 호의를 즐길 권리를 아무런 반론 없이 내게 허락했다.

다정하고 온화하며 꼼꼼한 거트루드. 영국의 평범한 중산층 가정에서 끌려 나와 느닷없이 타국 문화의 온상에 버려지고 느닷없이 줄리 선생님이라는 개성 넘치는 자극제에 노출된 거트루드. 그녀는 지식과 기품을 배우고 습득하여 활용할 수 있기를 얼마나 간절히 바랐던가! 태어나자마자 속하게 된 자신의 삶과 줄리 선생님이 열쇠를 쥐고 있는 이 세계 사이에 결코 좁힐 수 없는 간극이 존재한다는 사실은 또 얼마나 실감했던가! 여태까지의 노력이 죄다 물거품이 될지도 모른다는 두려움, 뿌리째 뽑히기만 했을 뿐 새로운 뿌리를 내리지 못할 수도 있다는 두려움, 자신이 무럭무럭 자라날 토양을 결코 찾지 못할 수도 있다는 두려움은 얼마나 컸던가! 결국 비통함에 시들어 가다 비극적 결말을 맞은 거트루드!

내 친구 이디스. 내가 그 아이를 사랑한 것보다 더 많이 날 사랑해 준, 내겐 없는 자질을 모두 갖춘 이디스. 냉철함, 침착함, 분별력을 모두 갖췄음에도 내 변덕과 열정, 흥분을 참을성 있게 기다려 주고 심지어 좋아해 주기까지 한 이디스. 나를 비난하지도, 내 감정에 동참하지도 않은 이디스.

조지, 짙은 색 눈동자를 가진 이상한 아이! 조지에겐 **분명** 지적인 면은 없었다. 하지만 추측건대 그때부터 조지는 우리 누구보다도 더 치열하게 살았던 것 같다. 신비한 열정을 가슴속에 은밀히 품은 조지와 함께 있으면 나까지 열정이 불타올랐으니.

소란스럽고 제멋대로였던 아일랜드인 니나. 엄청나게 걱정하면서도 수시로 말썽을 일으키고, 일이 해결되고 나면 또다시 엄청나게 무모해지던 니나. 아주 인자하고 마음 따뜻하며, 반항할 때조차 너무 우스워 자제시키려는 선생님들마저 웃게 만든 니나. 나는 그런 니나가 정말 좋았다. 그리고 미미도. 도깨비불처럼 신출귀몰했던 미미. 책에서는 아무것도 배우지 못했으나 다른 수백 가지 일에 능숙하여 반 시간이면 변장용 드레스를 완성해 던져 주고, 꽃다발을 뚝딱 만들어 내며, 천사처럼 노래하고, 원숭이처럼 흉내를 잘 내던 미미. 비록 내 진지한 친구들은 이유를 궁금해했지만, 나는 미미와 함께 있으면 즐거웠다.

물론 내가 좋아하지 않은, 비열하고 지루하며 젠체하고 짜증 나는 아이들도 있었다. 나는 그런 아이들과는 어울리지 않았다. 내가 뭐 하러 굳이 그들과 어울렸겠는가? 우리는 그저 각자 모습대로 살아가도록 내버려 뒀다. 그들 말고도 내 심장과 머리를 충만하게 채워 줄 이들은 차고 넘쳤다.

그런데 이쯤에서 반드시 언급하고 넘어가야 할 사람은 다름 아닌 로라다. 고백건대, 나는 로라가 오기를 고대한 만큼 걱정도 많았다. "줄리 선생님의 애제자, 지금까지 학교를 거쳐 간 아이들을 통틀어 가장 아끼고 사랑한 학생"이라고 로라의 마지막 학기에 입학한 선배들 몇 명이 말해 주었다. 모든 '가르침'을 훌륭히 소화하는 이들을 가리켜 당시 여학생들 말로 '똘똘하다'고 했는데, 로라의 '똘똘함'을 묘사할 때 선배들의 말투에는 동경을 넘어 경외심까지 담겨 있었다. 로라의 과제는 항상 최고였다. *과제*라는 것을 어떻게 쓸 수 있는지 혹은 써야만 하는지를 보여 주는 표본으로, 늘 소리 내어 읽혔다. 로라가 칠판 앞으로 가서 대수학이나 기하학 문제를 풀면, 교수는 "훌륭하군요, 로라 양."이라고 말했다. 로라는 리즈너 선생님과는 『파우스트』를, 시뇨리나와는 『신곡』을 읽었다. 나는 시뇨리나에게 로라를 좋아했는지 물었다. 나라면 틀림없이 로라를 싫어했을 것이다.

"오, 아닐걸." 시뇨리나가 말했다. "넌 로라를 싫어하지 않을 거야."

"하지만 그 앤 너무 완벽한걸요. 완벽함의 화신을 어떻게 좋아할 수 있겠어요? 게다가 그 앤 날 깔볼 거예요. 나랑은 말도 섞지 않을 테죠. 매일 서재에만 틀어박혀 지낼 테고, 또…."

"그러니까" 시뇨리나가 말했다. "사랑하는 올리비아, 넌 이미 질투하기로 마음을 먹었구나. 난 네가 그런 하찮은 생각 따윈 하지 않았으면 좋겠어. 그렇지 않으면…" 시뇨리나의 목소리가 낮아졌다. 떨리기도 했던가? "... 힘든 시간을 보내게 될 거야."

로라를 처음 봤을 때 내가 예상했던 감정, 작정했던 감정은 전혀 들지 않았다. 로라의 사진을 처음 본 그날처럼, 나는 완전히 굴복했다. 그래, 로라를 질투하는 일은 불가능했다.

줄리 선생님이 나를 서재로 불러 서로 소개해 줬을 때, 우리 둘 다 수줍고 어색해했다. 나보다는 로라가 더 어색해 했는데, 얼마 지나지 않아 나는 로라가 우월감을 느끼기보다는 오히려 자신의 결점을 지나치게 의식한다는 사실을 알게 되었다. 로라는 자기가 노력에도 불구하고 옷을 잘 입지도, 세련되지도 못하다는 점을 알고 있었다. 게다가 로라는 어쩐지 자신의 지적 우월함을 속죄받아야 하는 것이라 여겨 마음이 편치 않았는데, 그러한 지적 우월함을 가려 줄 아름다움이나 품위, 기품을 자신이 하나도 갖추지 못했다는 점 또한 의식하고 있었다. 로라의 여러 매력 가운데 자신감이 빠졌다고 해서 로라가 타인의 시선을 지나치게 의식하는 사람이었다는 뜻은 아니다. 아니, 나는 오히려 로라처럼 어떤 이기심도 품지 않은 사람, 누가 봐도 즐거운 마음으로 타인에게 헌신하는 사람을 본 적이 없다. 게다가 그 모든 이타심에도 불구하고, 로라가 자신을 희생한다는 생각은 전혀 들지 않았다. 로라는 결코 자신을 희생하지 않았다. 로라는 희생할 자아가 없었다. 로라는 **진심으로** 즐거워하며 시간과 마음과 열정을 쏟아부어 의붓형제자매를 보살폈다. 아버지가 재혼하자 로라는 더 이상 집안의 여주인이 아니었다. 당시 로라의 아버지가 모르긴 몰라도 영국에서 가장 중요한 인물이었다는 점을 감안하면, 그 집안의 여주인은 아주 대단한 자리였을 것이다. 그러나 로라는 사랑하는 아버지에게 행복을 가져다준 젊은 새어머니를 애정과 연민, 감사의 마음으로 따뜻하게 맞았다. 덕분에 그 누구도 로라를 불쌍히 여기지 않았고, 다들 로라가 **진심으로** 기뻐한다고 생각했다. 로라의 얼굴은 내가 본 그 어떤 얼굴보다도 환하게 빛났는데, 가끔 진지해질 때는 있을지언정 결코 우울해하거나 낙담하지 않았다. 로라가 투명하고 흔들림 없는 두 눈에 솔직하고 유쾌한 애정을 가득 담아 상대를 바라볼 때면, 상대도 잠시나마 우울과 낙담을 잊을 정도였다.

    로라는 활기를 불어넣어 주는 친구였다. 우리는 많은 이야기를 나눴다. 당시 나는 정치에 지적 호기심을 품기에는 정치 세계와 너무 멀리 떨어져 있었으므로, 우리는 정치보다는 기질, 야망, 도덕, 품행, 그리고 내가 조금씩 읽기 시작한 형이상학의 몇몇 기본 개념에 관해 이야기했다. 사람들에 관한 이야기는 거의 하지 않았다. 우리는 흑백 바닥이 길게 뻗은 복도를 오가면서 대화를 나눴고, 대개는 서재에 같이 앉아 있었다. 로라는 내가 서재에 오지 못하도록 막거나 줄리 선생님과 단둘이 서재에 있길 바라는 대신, 기회가 생길 때마다 나를 데리러 왔다. 나는 로라 덕분에 서재에 가는 일이 익숙해졌고, 로라가 떠난 후에는 초대하는 사람이 없어도 자주 서재에 들렀다.

서재에서 우리는 줄리 선생님의 낭독을 들었다. 두서없이 이어진 낭독은 대화를 나누느라 자주 끊겼는데, 내 역할은 항상 청자였다. 선생님은 살아있는 작가나 르네상스 시대 화가를 다룬 평론지 기사를 읽기도 하고, 미슐레[28]나 르낭[29]의 저작을 비롯한 여러 책의 한 챕터, 혹은 빅토르 위

---

28 쥘 미슐레(Jules Michelet, 1798~1874). 프랑스의 역사가.
29 에르네스트 르낭(Ernest Renan, 1823~1892). 프랑스의 사상가, 철학자, 언어학자.

고나 비니[30]의 작품을 포함한 시를 읽기도 했다. 우리 둘 중 한 사람이 선생님께 읽어 드릴 때도 있었다. 선생님은 자주 우리에게 라루스 백과사전을 찾아보게 했고, 가끔은 사진첩을 보여 주기도 했는데 여행하면서 찍은 사진이 많았다. 우리는 주로 점심과 저녁 식사 후 쉬는 시간에 선생님과 함께 시간을 보냈고, 우리가 서재를 나오면 대개는 시뇨리나가 와서 그날 받은 편지와 회계 장부를 선생님께 보여 드렸다.

"로라," 로라가 떠나야 하는 날이 가까워 올 무렵 내가 말했다. "넌 선생님을 사랑하니?"

"오," 로라가 말했다. "그렇다는 거 알고 있잖아. 선생님과 보낸 시간은 내 인생 최고의 순간들이야. 아버지는 너무 바쁘셔서 나랑 이야기를 많이 못 나누시거든. 내가 세상에서 제일 좋아하는 것들은 모두 선생님께서 눈뜨게 해 주셨어. 셀 수 없이 많은 보물을 소나기처럼 내려 주셨지."

"그럼 이것도 말해줘, 로라. 선생님이 계시는 방에 들어갈 때 심장이 두근대니? 선생님 손이 닿으면 심장이 멈춰? 선

---

[30] 알프레드 드 비니(Alfred de Vigny, 1797~1863). 프랑스 낭만파 작가로 시, 희곡, 소설 등을 썼다.

생님한테 말을 하려고 하면 목소리가 나오다 말고 목구멍에서 멈춰 버려? 선생님을 감히 똑바로 쳐다보지도, 아예 시선을 돌리지도 못하겠니?"

"아니," 로라가 말했다. "그런 건 전혀 없어."

"그럼 뭐야?" 내가 끈질기게 물었다.

"글쎄," 로라는 투명하고 흔들림 없는 눈으로 나를 바라보며 말했다. 그 눈에는 놀라움과 움찔거림 같은 것이 담겨 있었다. "다른 건 없어. 그냥 선생님을 사랑할 뿐이야."

'그러니까,' 나는 입 밖으로 내지 않은 말을 속으로 생각했다. '내 감정은 그냥 사랑은 아니다. 그럼 사랑 이상의 무엇일까, 아니면 그 이하의 무엇? 내 마음이 로라의 마음만큼 크진 않을지라도, 결코 그보다 작다고 할 순 없다. 분명, 분명히 내 마음은 더 많은 것을 느낀다. 그런데 어쩌면 더 많은 게 아니라 단지 다른 것일지도.'

로라는 얼마 지나지 않아 갑작스레 떠나야 했다. 집으로 돌아오라는 편지를 받았다고 했다. 하지만 로라는 내게 몰래 털어놓았다.

"카라 선생님께서 몸이 안 좋으신 것 같아. 어쩌면 내가 선생님을 피곤하게 했거나 심기를 건드렸는지도 모르겠어. 줄리 선생님을 위해 내가 떠나는 게 맞는 것 같아."

"오, 로라," 내가 소리쳤다. "언제쯤 널 다시 볼 수 있을까?"

"네가 학교를 졸업하면 우린 엄청 자주 만날 거야. 우린 평생 친구로 지낼 테니까."

그리고 그렇게, 사랑하는 로라, 우린 그렇게 지냈지.

그래, 내가 질투한 사람은 로라가 아니었다. 이유를 설명할 순 없지만, 나는 오히려 세실을 질투했다. 세실은 전형적인 미국 미인이었다. 키가 크고 우아했으며 옷을 멋지게 차려입는 법을 알았다. 타나그라 인형[31]처럼 완벽하게 빚어진 머리는 작고 사랑스러웠으며, 장밋빛이 옅게 감도는 피부는 눈부셨고, 어두운색 눈동자는 활기를 띠면서도 텅 비어 있었다. 나는 왜 세실을 질투했던가? 내가 보기에 세실은 심장도 머리도 없었다. 세실은 누구에게도 휘둘리지 않은 채 고요하고 침착하게 거리감을 유지하며 자기 길을 갔다. 그리고 자신의 우월함을 아주 확고하게 믿고 있는 듯했다. 줄리

31　타나그라 인형(Tanagra figurine). 찰흙으로 빚은 고대 그리스의 소형 인물상. 그리스의 도시 타나그라에서 많이 발견되어 타나그라 인형이라 부른다.

선생님은 세실과 이야기하며 장난치는 것을 아주 좋아했다. 선생님은 세실의 옷을 칭찬하고 머리 모양을 꾸짖었으며 세실의 외모에 대해 끊임없이 평을 늘어놓았다.

"인신공격!" 한번은 줄리 선생님이 목소리를 높였다. "너희 영국인들은 인신공격을 무서워해. 너희들은 인신공격을 하지 말라고 교육받지. '네 머리칼은 아름답지만, 손질은 그에 걸맞게 하지 못했구나.'라고 말하면 예의가 없다고 생각할 테지. 사실상, 같이 대화 나누는 사람에 관해 뭔가 생각하기만 해도 그 자체로 신중하지 못한 일이자 침범 행위가 되어 버리고, 심지어 모욕 비슷한 것이 되고 말지. 네가 지금 먹고 있는 음식이 뭔지 전혀 알아채지 못하는 척해야 하는 것과 똑같아. 난 인신공격이 인생에서 가장 중요한 일 중 하나라고 생각한단다. 어떻게 타인에 대한 평을 하지 않으면서 그들에 대해 늘 공정하게 말할 수 있지? 게다가 만약 비평의 말이 입가에 맴돈다면, 그건 단지 대화에 소금과 풍미를 더해 주는 일일 뿐이야. 내가 파스칼[32]의 작품에 대해 떠드는 것보단 네 옷이나 머리 이야기를 하는 편이 더 낫잖

---

32 블레즈 파스칼(Blaise Pascal, 1623-1662). 프랑스의 수학자, 과학자, 신학자, 작가.

아, 그렇지 않니, 세실?"

"그럼요, 훨씬요." 세실이 대답했다. 물론 세실은 파스칼이 누구인지 전혀 알지 못했다.

"자, 너한테 내 생각을 말해 주마. 아마도 네가 나보다 더 잘 알 테지만, 도움이 될지 어떨진 모르겠다만 내 의견을 말해 보마. 넌 미모를 가꾸는 데 네 시간을 몽땅 쏟아부어도 될 만큼 아름다워. 하지만 가능하다면 넌 그 일을 좀 더 영리하게 해야 해. 네가 공작과 결혼하면…. 넌 영국 공작이랑 결혼할 거잖니, 그렇지?"

"네." 세실이 확신을 담아 침착하게 대답했다. (세실은 실제로 공작과 결혼했다.)

"그래, 공작과 결혼하게 되면 기억하렴. 물론 유행을 따르는 일은 중요해. 하지만 넌 유행의 노예가 되지 않아도 될 만큼 충분히 아름다워. 너희 나라 여자들은 지나칠 정도로 근사한 모습, '가게에서 마무리해 준' 지나치게 멋진 모습으로 변신해서 매력을 전부 잃고 말지. 완벽을 기하되 그 완벽함을 보여 주려고 너무 애쓰진 말아야 해. 아니면 차라리, 넌 너무 완벽해서 완벽함을 보여 주는 데 신경 쓰지 않아도 된다는 점을 기억하렴. 여기 공작이랑 결혼하고 싶은 사람이 또 있니?" 줄리 선생님이 주위를 둘러보며 말을 이어갔다.

"저요." 내가 말했다. "아주 많이요."

"아," 줄리 선생님이 못마땅한 듯 나를 보며 말했다. "놀랍진 않구나. 그런데, 아가, 안타깝지만 넌 그러지 않을 거다. 두 번째 계획은 없니?"

"있어요." 내가 말했다. "공작이 저의 두 번째 계획이에요. 전 시인이나 예술가 같은 위대한 사람과 결혼하고 싶어요. (결혼이 아니라 '사랑받고 싶다'고 감히 말하진 못했지만, 사랑받고 싶다는 것이 내 진심이었다.) 그런데 아마 전 그것도 못할 테지요."

"그건 잘 모르겠구나." 선생님이 진지하게 대꾸했다.

나는 내가 세실보다 높이 평가받는다는 사실을 알고 있었다. 그럼에도 세실의 아름다움, 세련됨, 별다른 노력 없이도 존재감을 발하는 막강한 영향력이 부러운 순간들이 있었다. 존경이 아니라 그 이상의 뭔가, 내가 인간적이라고 부른 어떤 것을 원하는 순간들이 있었다.

세실을 향한 부러움과는 좀 달랐지만, 나는 시뇨리나도 부러웠다. 나는 결코 시뇨리나처럼 한군데 온 열정을 쏟을 수 없음을 알고 있었다. 시뇨리나는 자신이 가진 전부를 자신의 우상에게 바쳤다. 그래, 나는 알고 있었다. 시뇨리나의 마음 안에서는 열정이 다른 모든 감정을 없애 버렸고, 질투마저도 백열을 내뿜는 숭배심 안에서 다 타 버렸다. 가책과 양심, 다른 의무들을 생각하는 마음은 물론이고, 모든 흥미와 약속과 애정조차 헌신과 관계된 것이 아니라면 더 이상 존재하지 않았던 듯하다. 덕분에 시뇨리나는 엄청난 평온을 얻었다. 시뇨리나의 마음에는 갈등 비슷한 것조차 없었다. 내가 꽤 자주 시달렸던 폭풍 같은 절망과 분노, 혹은 이후에 따라오는 자기 경멸과 자기 혐오를 시뇨리나는 단 한 번도 경험하지 않았다. 나는 시뇨리나가 자신을 위해서는 어떤 것도 원하지 않은 채 하나부터 열까지, 그게 무슨 일이든 봉사할 수 있기를 바랐다고 생각한다. 시뇨리나는 다른 건 아무것도 원하지 않았던 듯하다. 만약 내가 시뇨리나처럼 봉사하길 원했다면, 나는 끊임없이 내 무능과 무자격을 의식했을 테고, 계속해서 쓸데없는 겸손에 사로잡혔을 것이다. 게다가 나는 **지나치게** 가까이 다가가는 것에 알 수 없는 거부감과 두려움을 느꼈다. 나는 줄리 선생님의 몸단장을 돕는 일, 머리를 빗겨 드리고 신발을 신겨 드리는 일을 좋아하지 않았을 것이다. 시뇨리나가 기쁜 마음으로 수행한 그 일들을 생각하면, 나는 오싹함에 몸이 떨렸다. 게다가 내 안에는 다른 것들이 살고 있지 않았던가? 수천 가지 외부 요인들 때문에 나는 쉽게 흥분에 사로잡히지 않았던가? 숲이 우거진 제방 사이를 굽이쳐 흐르는 강물, 하늘에 떠다니는 구름 무리, 시 한 줄, 소설 한 장면, 극장에서 장막이 걷힐 때 맛보는 기쁨, 스위프트[33]의 광기와 키츠[34]의 죽음을 향한 분노. 이는 내가 저지른 수없이 많은 배신행위 중 극히 일부에 지나지 않았다. 이 모든 감정은 단지 "사랑의 대리인"일 뿐이라고, 사랑은 "자신의 신성한 불꽃에 연료를 공급하기 위해"[35] 스스로 대리인을 만들었다고, 나는 그렇게 내 마음속 법정에서 나 자신을 변호했다. 그럼에도 나는 가끔 시뇨리나가 부러웠고, 그보다 훨씬 더 자주 그녀를 동경했다.

---

33 조너선 스위프트(Jonathan Swift, 1667~1745). 아일랜드의 소설가이자 성직자. 대표작으로 『걸리버 여행기』(*Gulliver's Travels*, 1726)가 있다.
34 존 키츠(John Keats, 1795~1821). 영국의 낭만파 시인. 생전에는 주목받지 못하다가 젊은 나이에 결핵으로 사망한 이후 유명해졌다.
35 영국 시인 새뮤얼 테일러 콜리지(Samuel Taylor Coleridge, 1772~1834)의 시 「사랑」("Love")에 나오는 구절.

VII

교장 선생님들의 갈등을 처음 목격한 날이 기억난다. 아이들은 두 사람 사이가 틀어졌다고 몇 주에 걸쳐 수군거렸고, 두 사람의 방 앞을 지나다가 분노에 찬 소리 지르는 것을 들은 이들도 있었다. 그런데 두 사람이 처음으로 사람들 앞에서 다툰 건 식당에서였다. 대부분의 다툼이 그러하듯, 그 다툼 역시 사소한 일에서 시작했다.

음식 시중을 드는 호르텐스가 카라 선생님의 의자 뒤에서 접시를 떨어뜨렸고, 카라 선생님은 총이라도 맞은 듯 소스라치게 놀라며 비명을 질렀다.

"일부러 그런 거야. 난 알아." 카라 선생님이 소리쳤다.

"오, 카라, 호르텐스가 놀라게 했다면 정말 유감이야." 줄리 선생님이 말했다.

"아니, 그렇지 않을걸." 카라 선생님이 날카로운 목소리로 응수했다. "넌 날 비웃고 있어. 게다가 넌 호르텐스가 덜렁대는 데 일조했어. 저 애를 고용한 건 너랑 바이에토 선생이잖아. 넌 저 애가 적임자가 아니란 걸 알고 있었어. 그렇지만 물론 넌 내 말은 듣지 않았고."

줄리 선생님은 화제를 돌려 카라 선생님의 공격을 잠재우려 했다.

"일단 호르텐스는 당분간 다른 식탁을 맡도록 하지."

또 한번은 카라 선생님이 음식을 마음에 들어 하지 않았다. 카라 선생님은 참을 수 없다는 듯 접시를 밀쳐냈다.

"내 식단 따위 아무도 신경 쓰지 않지." 카라 선생님이 소리쳤다. "그런데도 난 지금쯤이면 바이에토 선생이 내가 소고기를 먹지 못한다는 사실 정도는 알 거로 생각했지 뭐야. 내 생각에 너희들 모두 날 독살하려는 거야."

"하지만, 카라," 줄리 선생님이 말했다. "방금 널 위해서 닭고기 요리를 갖다 놓았잖아."

"너무 늦었어. 이젠 아무것도 못 먹겠어." 카라 선생님은 식당을 나가려고 자리에서 일어났다. 줄리 선생님도 일어나 카라 선생님을 따라가려 했지만, 리즈너 선생님이 한 발 더

빨랐다. 리즈너 선생님은 카라 선생님이 기댈 수 있도록 서둘러 팔을 내주었고, 두 사람이 천천히 식당을 빠져나가는 동안 줄리 선생님은 다시 의자에 앉았다.

그날 오후 시뇨리나와 수업하는 내내 불안한 분위기가 감돌았다.

"오," 시뇨리나가 소리쳤다. "신께 맹세코 카라 선생님이 좋아하실 만한 음식을 드리려고 난 정말 최선을 다하고 있어. 다 쓸데없는 짓이지만. 카라 선생님은 사사건건 트집을 잡기로 마음먹었으니까."

"카라 선생님은 왜 시뇨리나를 싫어하시죠?"

"아, 선생님이 싫어하는 사람은 내가 아냐. 두 번째로 싫을 순 있지만. 카라 선생님은 **줄리 선생님**을 괴롭히고 싶은 거야. 이젠 식사 시간에도 안 좋은 모습을 보이시지만, 위층에선 점점 더 통제 불능이서. 흐느껴 우실 때도 있고, 목 놓아 울기도 하셔. 당신이 죽어 가고 있다고, 우리 모두 선생님을 죽이고 있다고 하셔. 지난번엔 방문 앞에서 들었는데 무서울 정도야. '넌 날 사랑하지 않아.' 카라 선생님이 반복해서 말씀하셨어. '아무도 날 사랑하지 않아.' 줄리 선생님은 아주 부드럽고 다정하게, '아냐, 카라, 난 널 진심으로 사랑해. 네가 건강하고 행복했으면 좋겠어.'라고 대답하셨어. 카라 선생님이 말을 이어 가셨지. 흐느끼면서 말씀하시는 통에 겨우 알아들었는데, '아니, 아냐. 넌 내가 받을 사랑을 모조리 가져가. 한 명씩 차례차례. 처음엔 날 좋아하던 사람도 시간이 지나면 마음이 변해. 넌 나한테서 그 사람들을 빼앗아 가.'라고 하셨어. 그다음엔, 올리비아, 네 이름을 들었어. '올리비아가 날 좋아할 거라고 생각했는데, 그 애가 좋아하는 사람은 너야, 늘 너지.'"

"그건 내 잘못이 아니에요." 내가 소리쳤다. "내 마음대로 할 수 있는 일이 아닌걸요."

나는 이탈리아어 교습 시간마다(내가 다른 아이들과 달리 이탈리아어를 알아듣고 말하는 법을 수월하게 익혔다고 믿어도 좋다) 이런저런 사소한 사실관계들을 얼기설기 짜 맞췄다. 그리고 그 사실들을 바탕으로 상상의 나래를 펼쳐 환상의 세계를 만들었다. 하지만 나는 그것이 얼마나 진실에 가까운지, 시뇨리나가 얼마나 각색을 더했는지는 알지 못했다. 게다가 이 불분명한 이야기에서 나는 처음부터 끝까지 거의 매번 언저리에만 머물렀다. 그 언저리에서 나는 더듬더듬 길을 찾아 이야기의 심장부로 들어가려 했다. 인간 본

성의 근본적 특징을 많이 겪어보지 못했음은 물론이고 실제로 어떤 일이 벌어졌는지 정확히 알지 못했음에도, 나는 무슨 일이 일어나는지 이해해 보려고, 그 이야기 속 배우들의 감정과 동기를 상상해 보려고 애썼다. 물론 한 번도 성공하지 못했다. 지금까지도…. 그래, 지금도 여전히 모든 게 불분명하다. 의심과 추측이 구름처럼 몰려와 연극 속 인물들을 한 명 한 명 감쌌다. 하지만 실체 없이 흐릿하기만 한 구름들은 입김 한 번에 흩어졌고, 다시 모였을 때는 모양과 색깔이 달라져 있었다. 나는 이 구름들이 내 어지러운 심장과 머리에서 나온, 건강하지 못한 날숨일지도 모른다는 생각을 자주 했다.

줄리 선생님과 카라 선생님은 그때까지 15년 정도를 함께 살았다(시뇨리나가 그렇게 말해 주었다). 두 사람이 처음 만나 함께 여학교를 운영하기로 했을 때 그들은 젊고 아름다웠으며 재능이 넘쳤다. 줄리에게는 자본, 영향력 있는 친구들, 활기, 지성, 통솔력이 있었다. 카라는 자애로운 어머니들의 마음을 얻을 만한 매력을 겸비했고, 학교를 운영하는 데 필요한 자격 요건을 갖추고 있었다. 카라는 필요한 시험을 모두 통과했고, 줄리는 그렇지 않았다. 소규모로 시작한 학교는 얼마 지나지 않아 놀라울 정도로 성공했다. 학생 수가 늘었고, 다양한 곳에서 학생들이 찾아왔으며, 더 넓은 장소로 옮겨 도서관과 음악실을 지었다. 파리에서 활동하는 특정 지식인 무리 속에서 두 사람은 유명 인사 같은 존재였다. 줄리는 유명한 학자의 딸이었고, 아버지의 저명한 친구들은 친구가 세상을 떠나자 그의 명석한 딸과 우정을 이어 갔다. 줄리는 눈에 띄게 사교적인 사람이었는데, 카라의 어루만지며 속삭이는 듯한 태도 덕분에 줄리의 퉁명함과 풍자에는 각각 부드러움과 다정함이 더해졌다. 두 사람이 함께 있으면 응접실은 매력적인 공간으로 변했고, 소녀들이 응접실을 드나들며 손님들에게 케이크와 커피를 가져다준 덕분에 매력은 배가되었다. 두 사람은 애정으로 단단히 뭉친, 다정하게 헌신하는 모범적인 커플이었고, 각자의 재능으로 상대의 결점을 보완해 주었다. 그들은 존경과 사랑을 받았다. 그들은 행복했다.

시뇨리나에 따르면, 이 화목함은 3년 전 리즈너 선생님이 올 때까지 지속되었다. 시뇨리나 자신은 리즈너 선생님보다 한두 달 먼저 학교에 왔는데, 처음 왔을 때는 너무 어려서 학교 내 지위가 아주 낮을 수밖에 없었다.

"그땐 아무도 나한테 신경 쓰지 않았어." 시뇨리나가 말했다. "그치만 나도 눈이 있으니까 다 봤지." (시뇨리나의 눈은 실제로 놀랄 만큼 반짝였다. 나는 시뇨리나를 보면 조그만 생쥐가 떠올랐다. 엄청나게 잽싸고, 갑자기 나타났다 갑자기 사라지며, 정보의 부스러기를 아주 날래게 낚아채는 생쥐.)

리즈너 선생님은 오자마자 두 교장 선생님의 마음에 들도록 행동해 그들에게 없어서는 안 되는 존재가 되었다. 유능하고 똑똑한 여성으로서 새로운 조직 구성 방식을 소개했고, 최신 교육 이론을 꿰고 있었으며, 훌륭한 교사들을 잘 찾아냈고, 그 일을 효율적으로 해내기 위해 수고를 마다하지 않았다. 덕분에 줄리 선생님은 시간을 벌어 문학과 역사를 다루는 특별 수업에 전념했고, 파리에 사는 친구들을 더 자주 찾았다. 카라 선생님은 수많은 학교 업무에서 벗어났고, 자신을 피곤하게 하는 일, 리즈너 선생님의 표현에 따르면 쓸데없이 피곤하기만 한 일은 하지 않게 되었다.

"그치만 난 알았어." 시뇨리나가 말했다. "이런 과도한 배려가 어떤 결과를 낳는지 알아챘지. 리즈너 선생님이 의도적으로 그랬는진 모르겠지만, 어쨌든 친구 사이가 갈라졌거든."

카라 선생님은 머리가 아프진 않으냐, 피곤해 보인다, 어서 누워서 쉬어야 한다는 말을 끊임없이 들었다. 줄리 선생님의 서재는 철통 보안 속에 어떤 침입자도 들어가지 못했다. 일하는 동안 선생님은 절대 방해받지 않아야 했다. 파리 방문은 더 수월하게 이뤄졌고, 더 자주 가도록 권유받았다. 리즈너 선생님은 바깥 공기가 학교에 특색을 부여한다고 말했다. 덜 중요한 일 때문에 두 사람이 방해받는 터무니없는 상황은 절대 일어나면 안 되었는데, 그런 일은 아랫사람, 즉 리즈너 선생님 자신이 충분히 할 수 있는 일이었기 때문이다.

그렇게 리즈너 선생님은 두 친구가 서로 다른 쪽에서 기대는 기둥 같은 존재가 되었고, 차츰차츰 둘 사이를 가로막는 장벽으로 변해 갔다.

"이후엔," 시뇨리나가 말했다 "방법이 바뀌었어." 줄리 선생님은 외출을 하거나 자기 업무에 몰두하는 경우가 많았으므로, 리즈너 선생님은 카라 선생님에 대한 지배력을 점점 더 키워나갔다. 포위가 장악으로 바뀌는 동안, 카라 선생님은 리즈너 선생님에게 더 의존하고 더 매달리고 더 종속되었다. 카라 선생님은 조금씩 가라앉아, 더 정확히 말하면 가라앉도록 부추김 당해, 병약한 존재가 되어갔다. 병이란

병은 모조리 갖다 붙었고, 건강한 반응은 죄다 싹이 잘렸으며, 교묘하게 생각을 주입하는 활동이 시작되었다. 카라 선생님은 줄리 선생님이 병을 이해하지 못한다고, 본인이 건강하니 타인의 고통은 공감하지 못할 뿐 아니라 관심도 없다고, 본인의 즐거움만 신경 쓰느라 친구나 학교는 무시한다고 서서히 믿게 되었다. 시뇨리나는 다음과 같은 대화를 종종 들었다고 했다.

"정원으로 나와 봐, 카라."

"괜찮을까요, 카라 선생님?" 리즈너 선생님이 말했다. "땅이 아주 진데요."

"오늘 밤에 책을 읽어 줄까, 카라?"

"오, 줄리 선생님, 카라 선생님께서 오늘 아주 피곤한 하루를 보내셔서요. 책을 읽으면 두통이 더 심해지진 않을까 염려되네요."

"카라, 내일 R 씨 부부 집에 가지 않을래? 점심 식사에 우릴 초대했어."

"오 줄리, 나 못 가는 거 알잖아. 너무너무 고단한 일이야. 게다가 미니 R이 진심으로 내가 오길 바랐다면, **나한테** 편지를 썼을 테지. 안 그래, 리즈너 선생?"

질투심이란 주제는 언제 처음 등장했을까? 질투심은 언제부터 그렇게 중요해졌을까? 카라 선생님이 친구와의 우정에서 멀어질수록, 친구의 열정은 분명 다른 곳에서 출구를 찾았다. 시뇨리나가 줄리 선생님의 애정 속으로 살금살금 눈에 띄지 않게 한 발짝씩 들어간 것이다. 리즈너 선생님도 처음에는 충분히 만족하며 시뇨리나를 이용했다.

"난 너무 보잘것없어서," 시뇨리나는 여러 번 말했다. "아무도 날 신경 쓰지 않았어. 줄리 선생님만 빼고. 선생님은 나를 처음 보신 날부터 알아보셨지. 내가 뭘 할 수 있는지 바로 알아보셨어. 오, 선생님은 나한테 정말 잘해 주셨어, 사랑하는 올리비아! 선생님이 날 처음 봤을 때, 우린 파리에서 굶어 죽어 가고 있었어, 어머니랑 언니랑 나 말이야. 선생님은 엄청난 수고를 마다하지 않고 우릴 도와주셨어. 어머니는 병원에서 의사와 간호사의 치료를 받았고, 언니는 부잣집 여러 군데서 이탈리아어 선생님으로 자리 잡았어. **나한텐** 여기 와서 선생님을 도와 달라고 하셨어. 그래서 난 그렇게 했고." 시뇨리나가 덧붙였다. "앞으로도 그럴 거야. 죽을 때까지."

"그런데," 시뇨리나가 계속했다. "카라 선생님은 어째서 줄리 선생님이 리즈너 선생님에게 느끼는 것보다 더 많이 내게 질투심을 느끼시는 걸까?" 어쨌든, 틈은 더 넓고 깊어졌다. 사소한 사건은 어느새 불만의 원인이 되었다. 불평이 비난으로, 비난이 악담으로 변해 갔다.

"지금 같은 상황이 언제까지 이어질 수 있을까? 끝은 어떻게 날까? 한가지는 확실히 말할 수 있어, 올리비아. 줄리 선생님은 이 모든 일을 엄청난 인내심으로 견디고 계셔. 난 선생님이 화를 내면서 대꾸하시는 모습을 한 번도 본 적이 없어. 선생님은 상황을 진정시키고 가라앉히려고 최선을 다하셔. 카라 선생님께도 마음을 다해 관심을 쏟으시지. 적어도 그게 허락될 때는 말야. 선생님은 할 수 있는 모든 일을 다 하고 계셔. 한 가지만 빼고…."

"그게 뭔데요?"

"친구들을 포기하는 일. 선생님을 사랑하는 사람들, 선생님이 사랑하는 사람들을 포기하는 일. '나한테 뭐가 남을까?' 어느 날 선생님이 나한테 말씀하셨어. '널 보내고 나면 말이다.' 그러곤 카라 선생님과 리즈너 선생님이 합심해서 날 쫓아내려 한다고 말씀해 주셨어. '아가, 널 미워하는 사람들과 함께 지내는 게 너한테 너무 고통스러울까?'라고 선생님이 내게 물어보셨어. 내가 굳이 대답할 필요도 없는 질문이었지. 그러다 로라가 왔고 상황은 더 나빠졌어. 만약 로라가 성자가 아니었다면, 자신도 모르는 새 숭고한 존재가 된 성자가 아니었다면, 무슨 일이 일어났을진 나도 모르겠어. 그런데 내 생각에 로라는 카라 선생님한테도, 위선 따윈 조금도 없이, 똑같이 마음을 다했던 것 같아. 그러니 카라 선생님도 로라가 자신을 좋아한다고, 줄리 선생님은 오로지 로라의 명석함 때문에 로라를 좋아한다고 믿을 수 있었다고 생각해. 하지만 이번엔 로라가 알게 된 거지. 방문 일정을 짧게 줄이길 잘했어. 비록 크게 도움이 된 것 같진 않지만. 왜냐하면 지금은," 침울한 침묵이 잠깐 이어졌다. "지금은 네가 있으니까."

시뇨리나가 방금 한 말은 나중에 다시 생각해 보자고 나는 속으로 되뇌었다. 그 말에는 너무 많은 것, 너무 많은 기쁨과 공포가 담겨 있다. 지금은 그 말을 한편에 밀어 놓아야 한다. 마치 개가 뼈다귀를 땅에 묻어 두듯이, 간직하고 묻어 둬야 한다. 내가 혼자서 그 말을 다시 생각해 볼 수 있을 때까지.

"근데 리즈너 선생님은 목적이 뭘까요?" 내가 물었다. "왜 두 분을 갈라놓고 싶어 하시죠? 순수하게 사랑하는 마음에서 그저 장난이 치고 싶으신 걸까요?"

"내 생각엔," 시뇨리나가 생각에 잠긴 듯 천천히 대답했다. "내 생각에 처음엔 그랬던 것 같아. 어쩌면 장난보다는 권력을 사랑하는 마음에 더 가까웠을지도 모르지. 그런데 지금은, 리즈너 선생님이 진짜 원하는 건 줄리 선생님을 몰아내고 자기가 그 자리에 들어가는 거 같아."

시뇨리나가 한 말 가운데 내가 이해할 수 없었던 부분은, 줄리 선생님이 로라의 명석함만 좋아한다는 이야기였다. 두 사람 사이에 수십 가지 다른 방식으로 애정이 나타나는 모습을, 편안함과 행복이 분명히 드러나는 것을 내 두 눈으로 똑똑히 보지 않았던가? 그런데도 카라 선생님은 로라를 질투하지 않았고, 나 역시 로라를 질투하지 않았다. "하지만 지금은 네가 있으니까."라고 시뇨리나는 말했다. 그러니까 나는 뭔가 다르다는 것이다. 나는 나도 모르는 새 숭고한 존재가 된 성자가 아니라서? 나는 카라 선생님을 좋아할 만큼 마음이 넓지 않아서? 어쩌면 시뇨리나가 한 말은 그와는 다른 의미였는지도 모르겠다. 누구도 줄리 선생님이 내 지적 능력을 좋아한다고 말하진 않을 것이다. 오, 내 지적 능력은 로라와 비교조차 할 수 없으니. 나는 타고난 재능이 하나도 없어 줄리 선생님과 동등한 입장에서 대화를 나누는 일은 아예 불가능하다. 그렇다면 카라 선생님은 왜 나를 신경 쓰는가? 시뇨리나는 왜 그렇게 침울하게 "그리고 이젠 네가 있으니까."라고 말했을까? 그러니까 그들은 줄리 선생님이 로라보다 나를 더 좋아한다고 생각하는 게 틀림없다. 터무니없는 생각이다! 아니, 아니다, 더 좋아하는 게 아니다. 하지만 줄리 선생님은 나를 조금은 아낀다. 다른 방식으로. 내가 선생님을 다른 방식으로 좋아하듯. 그 순간 나는 바로 그 다름이야말로 내가 원하는 것임을 깨달았다.

하지만 로라는 성자였다. 바로 그 점 때문에 두 친구의 불화가 재앙으로 번지지 않을 수 있었다. 하지만 나는... 나는 성자가 아니다. 내가 어찌 성자가 될 수 있겠는가? 그러니 어쩌면 내가 재앙을 몰고 올지도 모를 일이었다. 내가 어떻게 할 수 있는 일이 아니었다. 설사 내가 마음을 달리 먹으면 재앙을 막을 수 있다 하더라도, 가슴 속 심장을 도려낼 수 없듯 마음을 바꾸는 일 역시 불가능하다. 게다가 나는 그러고 싶지도 않았다. 오히려 그 반대였다. 처음 느껴 보는 환희가 내 안에 가득 차올랐다. 그래, 난 분명 성자는 아니었다.

시뇨리나는 왜 나한테 이 모든 이야기를 해 줬을까? 내가 간절히 듣고 싶어 해서? 혹시 경고는 아니었을까? 그랬다면 아무 소용없는 경고였다. 내가 바꿀 수 있는 것이 없기도 했고, 결코 바꾸려 하지도 않았을 테니.

　이후 나는 두 사람의 젊고 아름답고 행복했던 과거를 상상했다. 마치 결혼한 부부 같았으리라. 한때 사랑했던 사람들이 헤어지는 일은 얼마나 비극인가! 환멸, 자책, 후회 같은 것들이 내가 사랑하는 사람의 심장을 얼마나 갉아먹었을지. 그 때문에 양 볼이 움푹 파이고, 입술의 미세한 곡선에는 슬픔과 쓰라림이 배어났으리라. 그런데도 나는 선생님을 위해 할 수 있는 일이 없었다. 하지만 오! 나는 한숨을 내쉬며 생각했다. 선생님이 행복해지기만 한다면, 나는 목숨도 기꺼이 내놓으리라.

　시뇨리나와 이야기를 나누고 얼마 지나지 않아, 그리고 로라가 떠나고 하루 이틀 정도 지난 후에, 나는 용기를 내 평소와 같은 시간에 혼자서 서재로 갔다. 그리고 문손잡이를 돌리기 전 1, 2분 정도 문 앞에 서 있었다. 혼자 서재에 갈 때면 늘 그렇게 선생님과 나 사이를 가로막은 닫힌 문 앞에 잠깐씩 서 있곤 했다. 문을 열려면 초인적인 힘이 필요

할 것만 같았다. 나를 멈춰 세운 건, 정확히 말하면 두려움은 아니었다. 아니, 그보다는 종교적 경외심에 가까웠다. 다음 단계는 너무 엄중하고 불길하여 마음의 준비가 필요한 단계, 즉 부재를 없애는 단계였다. 나를 압도하는 그 엄청난 변화를 견디려면, 내 안에 있는 용기와 힘을 모두 한데 그러모아야 했다. 선생님이 저 문 뒤에 있다. 문이 열리면 나와 선생님은 한 공간에 함께 존재할 것이다.

"올리비아, 너니? 들어오너라."

"들어가도 될까요?"

"그래. 로라가 없으니 쓸쓸하구나. 네가 와 줘서 기쁘다. 그런데 지금은 좀 바쁘구나. 가라는 건 아냐. 책을 하나 골라 읽거라. 생트뵈브 책이 저쪽에 꽂혀 있단다. 『월요 한담』[36]이 좋겠구나."

"시집을 읽어도 될까요?"

"그럼, 당연하지. 뭘 읽고 싶니?"

"선생님께서 어제 읽고 계시던 비니의 시를 읽고 싶어요."

---

36 샤를 오귀스탱 생트뵈브(Charles Augustin Sainte-Beuve, 1804~1869)는 프랑스의 문학 비평가. 생트뵈브는 1849년부터 20년간 월요일마다 신문에 문학 비평을 연재했는데, 이를 모아 『월요 한담』(*Causeries du Lundi*, 1851~1862)과 『신(新) 월요 한담』(*Nouveaux Lundis*, 1863~1870)으로 출간했다.

"그래. 저쪽에 있다."

나는 붉은색 표지의 자그마한 책을 꺼내 들고서 바닥에 앉았다.

얼마나 행복하던지!

탁자 앞에 앉아 있는 선생님이 보였다. 책에서 눈을 떼면 선생님의 아름답고 진지한 옆모습이 보였고, 눈을 내리깔아도 그 자리에 있는 선생님을 여전히 느낄 수 있었다.

나는 전에 읽은 적 있는 「모세」를 다시 읽었다.

위대함과 고독함. "Puissant et solitaire." 군중 위 고독한 삶. 위대한 자질을 타고나 고독이라는 저주를 받는 것. 인간의 따스한 친밀함을 얼마나 원하든, 외따로 떨어져 살아야 하는 저주를 받는 것. 성령의 기름 부음을 받은 자가 된다는 것! 낯설고 두려운 운명이여! 이런 생각에 빠져 있는 동안 나는 내가 어디에 있는지 잊어버렸다. 마침내 고개를 들자 내게 시선을 고정한 선생님이 보였다. 나는 내가 뭘 하는지 알지 못한 채, 깊이 생각하지 않은 채, 마치 내가 인지하지 못한 어떤 존재를 따라 움직이듯, 그 존재의 격렬한 힘에 전혀 대항할 수 없기라도 한 듯, 나도 모르게 갑자기 선생님 앞에 무릎 꿇고 앉아 선생님 손에 입을 맞추며 "사랑해요!"라는 외침을 반복했다. "사랑해요!"라고 흐느끼며 말했다.

선생님이 무슨 말을 하고 어떤 행동을 했는지 기억하냐고? 아니. 아무것도 기억나지 않는다. 단지 내가 선생님 옆에 무릎 꿇고 앉아 있었다는 사실만 기억날 뿐이다. 내 뺨을 스친 선생님의 모직 드레스, 손의 감촉, 내 입술에 닿은 부드럽고 따뜻한 손, 반지의 단단함만이 기억난다. 방을 어떻게 나왔는지 모르겠다. 그날 나는 그 손, 그 입맞춤에 관한 꿈을 꾸며 미로 속을 헤매듯 남은 하루를 보냈다.

VIII

이즈음 내게 갑작스레 변화가 찾아왔다. 즐겁고 쾌활하며 활기가 치솟는 기분 좋은 감정, 젊음과 힘과 열정의 자각, 어떤 신성한 힘이 내가 그때껏 꿈꿔 본 적 없는 커다란 행복을 선사하여 무수히 많은 왕국과 막대한 부를 마음껏 누리는 듯한 기분, 이 모든 감정이 나를 찾아왔을 때만큼이나 불가사의하게 사라졌고, 뒤이어 아주 다른 감정이 찾아왔다. 이제 침울과 우울만 남아 마음도 발걸음도 한없이 무겁기만 했다. 수업은 더 이상 내 관심사가 아니었기에 그와 관련된 생각은 하지 않았다. 목요일과 일요일마다 아이들과 함께 공부방에 앉아 있긴 했으나 응당 해야 할 *과제*에는 전혀 집중하지 못했다. 나는 그저 몇 시간이고 책상 앞에 앉아 혼수상태에 빠진 사람처럼 팔을 베고 엎드려 있었다.

"도대체 뭐 하는 거야, 올리비아?" 한 친구가 물었다. "자니?"

"오, 나 좀 내버려 둬." 나는 참지 못하고 소리쳤다. "뭐 좀 생각하는 중이야."

하지만 나는 생각 같은 건 하지 않았다. 때때로 꿈을 꾸었다. 10대들이 꾸는 어리석은 꿈이었다. 영웅처럼 목숨을 바쳐 선생님을 구하는 꿈, 선생님이 죽어 가는 내게 입을 맞추는 꿈, 선생님의 임종 자리에서 내가 옆에 무릎 꿇고 앉아 선생님의 마지막 말을 듣는 꿈, 시를 써서 유명해지지만 선생님한테 영감을 받아 썼다는 사실은 아무도 모르는 꿈, 어느 날 문득 선생님이 그 사실을 알게 되는 꿈, 그 외 수많은 꿈들.

꿈조차 꾸지 못한 날이면 나는 그저 육체의 감각만 남은 하나의 덩어리에 불과했다. 그 육체적 감각이 나를 당황스럽게, 상당히 고통스럽게 했다. 금방이라도 굉장한 일이 일어날 것만 같은 기대감에 심장이 거칠게 뛰고 호흡이 불규칙하게 가빠졌다. 문을 여는 소리, 지극히 일상적인 발걸음 소리에도 명치의 신경 다발이 곤두서 칼이라도 된 듯 내 몸 구석구석을 난폭하게 찔러 댔다. 그러다 다음 순간 결국 아무 일도 일어나지 않으면, 나는 구멍 난 방광처럼 납작하고 맥 빠진 상태가 되어 쓰러졌다. 이따금 뭔가를 간절히 열망할 때도 있었지만, 내가 정확히 무엇을 열망하는지는 알지 못했다. 그저 막연하게 축복을 바라고, 짐작도 안 되는 만족감을 열망했을 뿐이다. 그것들이 손에 잡힐 것처럼 가까이 있는 듯 보여도 결국 가질 수 없음을 나는 알고 있었다. 그 축복을 잡을 수만 있다면 갈증이 가시고 맥박은 원래 속도를 되찾아 마침내 엘리시온[37]의 평화를 얻었을 테지만, 그런 일은 일어나지 않았다. 또 가끔은 뭔가를 표현하기가 미치도록 힘들었다. 글이든 음악이든 그게 뭐든, 내 생각을 표현할 수 있다면 얼마나 좋을까. 나는 *프리마돈나* 혹은 위대한 배우가 된 내 모습을 상상했다. 오, 천국에서나 느낄 안도감이여! 오, 내 안에서 끓어오르는 흥분감을 모두 분출하리라! 위험천만한 것! 그걸 없앨 수만 있다면! 세상에 소리칠 수 있다면! 토로할 수 있다면!

그러고 나면 전보다 더 활기 없고 나른한 상태가 이어졌다. 녹아내릴 것만 같은 상태, 나 자신을 놓아 버렸다고 마

---

[37] 엘리시온 혹은 엘리시움. 고대 그리스인들이 상상한 사후 세계로 신의 선택을 받은 자나 영웅들, 덕 있는 자들이 가는 낙원.

음속으로 이름 붙인 상태에 빠졌다. 마치 따뜻하고 잔잔한 강물 위에 편히 누워 떠내려가듯, 근육이란 근육은 죄다 힘이 빠지고 내 안 구석구석 모든 곳이 열려 바람과 물이 부드럽게 어루만지는 손길을 받아들이듯, 그렇게 나는 미지의 달콤한 바다를 향해 유유히 흘러가는 것만 같았다. 온몸에 퍼진 욕망은 어느 한 군데로 특정할 수 없는 통증처럼 막연했다. 이 통증이 어디서 오는지, 무엇인지, 그것만이라도 알고 싶었다. 심장의 통증인가? 뇌의 통증? 몸의 통증? 아니다, 나는 단지 내가 뭔가를 욕망하고 있다는 사실만 느낄 뿐이었다. 때로는 내가 사랑을 준 만큼 돌려받길 원하는 게 아닐까 생각했다. 하지만 사랑을 돌려받기란 아주 불가능한 일처럼 보였기에 진정으로, 진심으로 상상조차 할 수 없었다. 선생님이 나를 **어떤 식으로** 사랑할 수 있을지 짐작도 가지 않았다. 어린아이를, 제자를 **좋아하고** 아낀다. 그래, 당연히 그럴 것이다. 하지만 그건 내가 느끼는 감정과는 아무 상관도 없지 않은가. 그래서 나는 다른 몽상에 빠졌다. 선생님을 사랑하듯 한 남자를 사랑한다. 그가 나를 품에 안고⋯ 입 맞추고⋯ 그의 입술을 느낀다. 그의 입술이 내 볼을 스치고, 눈꺼풀을, 그리고 또⋯. 아니, 아니, 아니다, 이건 미친 짓이다. 내 사랑은 이런 게 아니다. 내 사랑은 절망적이다. 절망! 무서운 말이지만, 그 말이 가진 뭔가에 심장이 뛰었다. 나는 그 말을 가슴 깊이 끌어안았다. 그래, 절망. 그 절망 덕분에 내 열정은 위엄을 갖추고 우러러볼 만한 것이 되었다. 어떤 사랑도, 어떤 남녀 간 사랑도 내 사랑만큼 욕심 없는 사랑은 없다. 오직 나 혼자 사랑했으니. 불가능한 환상은 오직 나만 품었으니.

그런데 선생님은 이따금 내게 엄청난 친절을 베풀었다. 서재에서 내게 책을 읽어 줄 때면, 선생님은 자신의 손을 내 손 위에 포개 놓아 내가 선생님의 손을 잡을 수 있게 해 주었다. 하루는 내가 감기에 걸리자 선생님이 내 방으로 와서 머리를 쓰다듬으며 식당에서 가져온 군것질거리를 건넸고, 내가 웃을 만한 이야기를 들려줘 나를 즐겁고 기분 좋게 해 주었다. 대단치 않은 병에서 회복 중이던 그날 저녁, 선생님이 방문 사이로 고개를 내밀며 말했다.

"저녁 먹으러 파리에 가려고 하는데, 돌아와서 잠깐 들르마. 네 상태도 확인하고 잘 자라는 인사도 할 겸." 선생님의 잘 자라는 인사는 쾌활하면서도 부드러웠고, 다음 날 나는 병이 다 나았다.

그로부터 2주 후 선생님은 저녁 식사를 하러 또다시 파리에 갔다. 파리에서 출발하는 마지막 열차는 11시 30분쯤 역에 도착했으므로, 선생님은 대개 자정 전에는 학교로 돌아왔다. 소리에 집중하며 선생님을 기다린 그날 밤 내가 어찌 잠들 수 있었으랴? 선생님 방으로 가려면 반드시 내 방 앞을 지나가야 한다. 어쩌면, 어쩌면 선생님이 이번에도 내 방에 들를지 모른다. 아, 귀가 쫑긋 서고 심장이 쿵쾅댄다! 그런데 선생님은 왜 이렇게 늦으실까? 지금 뭘 하고 계실까? 나는 몇 번이나 초를 밝혀 시계를 들여다봤다. 선생님이 지나가는 소리를 내가 못 들을 수도 있을까? 그건 불가능하다! 드디어, 드디어, 발걸음 소리가 긴 복도에 울려 퍼진다. 조금씩 조금씩 가까워 온다. 멈출까? 그냥 지나갈까? 멈췄다. 숨이 멎을 듯한 잠깐의 멈춤. 문손잡이가 돌아갈까? 돌아갔다. 벌어진 문틈 사이로 희미하게 불빛이 새어 들어왔고, 선생님이 침대 옆에 서 있었다.

"사탕을 가져왔다, 이 욕심쟁이 꼬마 녀석." 선생님이 가방에서 사탕을 꺼내며 말했다.

오 아니다, 욕심이 많은 건 맞지만, 내가 탐낸 건 사탕이 아니었다. 이제 선생님 손은 내 차지였다. 나는 그 손에 키스를 퍼부었다.

"이런 이런, 올리비아," 선생님이 말했다. "넌 너무 열정적이구나, 아가."

선생님의 입술이 내 이마를 스치더니 이내 선생님은 가고 없었다.

얼마 후 예년처럼 기름진 화요일[38]을 기념하는 가장무도회가 열렸다. 오, 그래, 그 무도회는 다른 모든 여학교에서 열리는 가장무도회와 영락없이 똑같았다. 드레스를 만들고 그날 하루 허락된 대로 학교 안을 바삐 뛰어다니느라 낮에는 무질서가 난무했다. 우리는 서로의 방을 오가며 수다를 떨고 웃음을 터뜨렸으며, 드레스를 입어보고는 정신없이 바느질하며 핀을 꽂아 댔다. 그리고 나면 저녁의 흥분이 찾아왔다. 춤을 출 수 있도록 깨끗이 정리한 음악실 한쪽 끝에는 두 교장 선생님이 다른 선생님들 곁에서 왕처럼 앉아 있었

---

38 기름진 화요일(Mardi Gras/Fat Tuesday). 사육제의 마지막 날이자 사순절이 시작되는 재의 수요일 전날. '기름진 화요일'이란 명칭은 금욕과 절제의 기간인 사순절이 시작되기 전 기름진 음식을 마음껏 먹는 데서 유래한다. 사순절을 보내기 전 고해성사를 하던 중세 시대 관습에 따라 '참회 화요일'이라 부르기도 한다.

다. 피아노로 행진곡을 연주하면 우리는 두 명씩 짝을 지어 차례대로 교장 선생님들 앞으로 갔다. 한쪽 무릎을 낮추며 인사하면, 두 사람은 질문을 던지며 칭찬이나 농담을 건넸다. 그런 행사가 있을 때면 줄리 선생님은 기분이 아주 좋았다. 그날 밤도 다르지 않았다. 뭔지 모르게 평소보다 더 행복한 분위기가 감돌았고, 다들 긴장이 풀려 있었다. 카라 선생님은 미소를 띤 채 즐거워했고, 줄리 선생님의 재치는 선생님의 눈동자만큼이나 반짝였다. 줄리 선생님은 다른 사람들처럼 그 모든 상황을 즐기고 있었다. 선생님은 다양한 모습으로 변장한 아이들에게 호기심과 흥미를 보였는데, 몰래 간직하고 있던 열망과 환상을 무심코 드러내는 이들이 있는가 하면 자기 본성을 무작정 보여 주는 이들도 있었다.

그러니까, 불쌍하고 못생긴 거트루드는 애처로울 정도로 간절히 스코틀랜드 여왕 메리가 되고 싶었다. 톱해트[39] 아래로 어두운색 눈동자를 신비롭고 비통하게 반짝이던 조지는 가짜 콧수염과 뾰족한 턱수염 덕분에 1830년의 멋진

---

39 톱해트(top hat). 서양에서 남성들이 쓰는 기다란 원통형 정장 모자로, 보통 18세기 말에 처음 등장한 것으로 본다. 대개 검은색 비단으로 싸여 있어 실크해트라고 부르기도 한다.

낭만파 시인으로 완벽히 변신했다. 조지의 팔에 매달린 미미는 작고 매력적인 여직공으로, 포크보닛[40]을 쓰고 숄을 두른 채 크리놀린[41]을 입고 있었다. 두 사람이 대담하게 추파를 던지는 모습에 다들 즐거워했다. 엉뚱한 니나는 퍽[42]으로 완벽히 변신해 그 자리에 있던 사람들에게 고민거리와 즐거움을 동시에 안겨 주었다. 나는 무엇으로 변신했던가? 내 드레스가 다른 사람들에게 어떻게 보였는지는 잘 모르겠다. 나는 어머니가 인도에서 가져온 파르시[43] 여성들의 드레스를 입고 있었다. 나는 그 드레스가 아주 호화롭고 화려하다고 생각했다. 동양에서 온 부드러운 비단은 짙은 장미색이었고, 금색 줄무늬가 사리의 가장자리와 기다란 치마

---

40 포크보닛(poke bonnet). 19세기 초 서양에서 유행한 여성용 모자. 챙이 얼굴선을 따라 둥글게 나 있고 모자를 고정하는 끈이 달려 있어 턱 밑으로 묶을 수 있다.
41 크리놀린(crinoline). 19세기 중반 서양에서 풍성한 치마 모양이 유행하는데, 당시 치마를 풍성하게 만드는 속치마 혹은 그런 모양의 드레스 스타일을 가리켜 크리놀린이라고 한다. 1850년대 말부터 금속으로 버팀살을 만든 크리놀린이 크게 유행하여 귀족뿐 아니라 하녀와 공장 노동자 들도 입었다.
42 퍽(Puck). 영국 민담에 등장하는 장난꾸러기 요정.
43 파르시(Parsi/Parsee). 페르시아어로 페르시아인을 뜻한다. 이슬람 제국이 8세기에 페르시아를 정복하자 조로아스터교도들은 종교 박해를 피해 인도로 이주하는데, 이들을 가리켜 파르시라고 한다.

부분을 장식하고 있었다. 나는 머리를 덮은 사리가 몸에 꼭 맞게 떨어지면서도 적당히 주름지도록 매만졌다.

하지만 무도회의 주인공이 누구인지에 대해선 이론이 없었다. 세실, 자기만족에 빠진 사랑스러운 미국의 여신, 백조처럼 우아하게 헤엄치는 우리의 여왕님. 세실은 별이 새겨진 국기로 온몸을 휘감고 있었다. 과감한 데콜타주[44] 덕분에 세실의 아름다운 어깨와 솟아오른 가슴이 드러났다. 다이아몬드 별들이 왕관처럼 머리 위를 장식했고, 가늘고 기다란 목 주위에서도 반짝였다. 세실은 눈부시게 아름다웠다.

내가 세실이 받아 마땅한 칭찬을 해 주는 사이, 줄리 선생님이 다가왔다.

"아름다운 세실!" 선생님이 외쳤다. "네가 우리 모두를 자랑스럽게 하는구나, *친애하는 아메리카여*. 라파예트[45]의 용맹이 헛되지 않은 미인이로다." 선생님이 웃으며 말을 이어갔다. "한 바퀴 돌아보거라, 한번 보자꾸나."

---

44 데콜타주(décolletage). 옷깃을 깊게 파서 목, 어깨, 가슴이 드러나는 것 혹은 그런 스타일의 의복.
45 라파예트 후작(marquis de Lafayette, 1757~1834). 프랑스 출신인 라파예트 후작은 미국 독립 전쟁(1775~1783)에 참전하여 여러 차례 승리를 이끌었다.

줄리 선생님은 아무것도 걸치지 않은 세실의 팔에 손을 올려 세실이 한 바퀴 돌아보도록 했고, 고개를 숙여 세실의 어깨에 입을 맞췄다. 부드럽고 뽀얀 맨살을 드러낸 어깨에 닿은 길고 침착한 입맞춤이었다. 처음 느껴 보는 통증이 놀라우리만치 난폭하게 찌르고 지나갔다. 세실이 미웠다. 줄리 선생님이 미웠다. 선생님은 고개를 들어 어깨에서 입술을 떼면서 자신을 지켜보고 있는 나를 보았다. 그때까지 선생님은 내가 있는지도 알지 못했던가? 모르겠다. 나는 선생님이 이제 나를 놀리려 한다고 생각했다.

"올리비아는 세실이 너무 아름다워서 질투가 나니?" 선생님이 말했다. "하지만, 올리비아, 아름다워질 순 없을지라도 넌 너만의 장점들이 있단다." 마치 소 품평회에 나온 동물인 양 나를 칭찬하자 화가 치밀었다. "어여쁜 손, 어여쁜 발, 어여쁜 몸. 네 매력은 어떨 땐 훨씬 더…" 선생님의 목소리가 점차 잦아들어 내가 알아들을 수 없는 속삭임으로 바뀌었다. "설령 내가 너한테 입 맞추고 싶다 한들, 아름다운 인도인이여, 그렇게 베일로 꽁꽁 싸매고 있는데 어떻게 입을 맞추겠니? 이리 와 보거라, 비밀을 하나 말해 주마."

선생님은 자신 쪽으로 나를 끌어당겨 내 사리를 머리 뒤로 넘기고는 입술이 거의 닿을 만큼 가까이서, 따스한 숨결이 볼에 느껴질 만큼 가까이서 내 귀에 대고 속삭였다.

"오늘 밤 네 방에 들러서 사탕을 주마."

그러곤 가 버렸다.

몸 전체가 물로 변하는 것만 같던 그 순간을 기억한다. 무릎이 꺾였다. 의자가 있는 곳까지 걸어갈 힘이 없어 탁자에 몸을 기댄 채 서 있었다. 선생님이 오신다, 오늘 밤, 몇 시간만 지나면. 승리의 노래가 가슴 가득 울려 퍼졌다. 조금 전만 해도 나는 아프지 않았던가? 지금은 환희가 혈관을 타고 온몸에 퍼진다. 왜? 왜지? 나는 굳이 이유를 알려 하지 않았다. 내가 아는 유일한 사실은, 머지않은 미래에, 금방, 곧, 뭔가가 나에게 온다는 것, 내가 온 마음을 다해 부르짖었던 격렬한 기쁨, 극심한 괴로움이 오고 있다는 것뿐이었다. 하지만 이런 생각은 하지 말아야 한다. 지금은 춤을 춰야 한다. 바로 그때 조지가 내 곁을 지나갔다.

"얼굴이 왜 그렇게 창백해?" 조지가 나를 보며 물었다.

"조지," 내가 말했다. "사랑에 빠져 본 적 있니?"

조지의 짙은 색 눈동자가 깜깜해졌다가 다시 환하게 빛났다. 조지의 숨이 가빠지는 것이 보였다.

"응," 조지가 침울하게 대답했다 "있어."

"어땠어?"

"말로는 표현할 수 없을 만큼 끔찍했어." 잠시 후, 마치 가슴 깊이 박힌 어떤 행복한 기억이 반짝이는 눈동자 쪽으로 올라오기라도 한 듯, 조지의 눈은 부드럽게 녹아내리며 빛을 발하더니 눈물로 가득 찼다. "그리고 지나치게 달콤했지…. 이리 와, 춤추자!"

조지는 팔을 뻗어 나를 감싸더니 자기 쪽으로 끌어당겼다. 그렇게 안겨 있으니 마음이 편했다. 아마 우리 둘 다 편안하고 즐거웠으리라. 조지는 나보다 힘이 세고 키도 컸다. 조지의 어깨에 머리를 기대자 조지가 내 쪽으로 머리를 기울이는 것이 느껴졌다. 우리는 마치 하나의 영혼이라도 된 듯 손발을 맞춰 음악에 따라 빠르게 혹은 느리게 움직였다. 나는 조지가 이끄는 대로 몸을 맡겼고, 나른하게 느려지다 격렬하게 빨라지는 왈츠의 움직임과 리듬에 나를 던져 무아지경에 빠졌다.

그날 저녁, 우리는 왈츠가 연주될 때마다 함께 춤을 췄다. (조지는 여직공을 버렸다. "미미는 정말 춤을 못 춰.") 하지만 우리는 춤추는 상대가 서로가 아님을 잘 알고 있었다. 우리는 각자의 꿈에 나오는 유령과 춤을 췄다. 한 사람은 유령을 꼭 붙들고, 다른 한 사람은 유령에 꼭 붙들린 채.

당시에는 '갤럽'이라는 춤으로 무도회를 마무리 짓는 것이 유행이었다. 요즘은 그 춤을 추지 않는 듯하지만, 빅토리아 시대만 해도 늘 갤럽으로 밤을 격렬하게 마무리 지었다. 저녁 내내 이어지던 감성적이고 예절 바른 왈츠와 랜서즈가 끝나면, 미치도록 빠른 움직임에 몸을 맡긴 채 흥분에 휩싸였다. 그날 밤 왈츠가 끝나자 니나와 나는 자석이 이끌리듯 서로의 품으로 맹렬히 달려가 마지막으로 갤럽을 함께 췄다. 공기 중에는 흥분이 넘실댔다. 피아노를 치던 독일인 음악 선생님도 분위기를 눈치채고는 더 활기차게 연주를 이어갔다. 하지만 어떤 커플도 니나와 내 상대가 되지 못했다. 우리는 미친 여자들처럼 머리카락과 기다란 옷자락을 휘날리며 더 빠르고 더 격렬하게 달려 나가 빙글빙글 돌아 댔다. 마침내 다른 사람들은 모두 지쳐 포기하고 우리 둘만 남아 계속해서 무도회장을 돌았다. 음악이 먼저 항복했다. 드디어 우리도 숨을 헐떡이며 바닥에 쓰러져 웃음을 터뜨렸고, 지켜보던 아이들은 박수를 보냈다.

저녁은 그렇게 끝났다. 이제 자러 갈 시간이다. 나는 저녁이 좀 더 이어졌으면 했다. 간절히 고대하는 만큼 두렵기도 한 뭔가가 나를 향해 다가오고 있었다. 나는 심해로, 현기증에 몸을 떨다 빠져 버릴 것만 같은 심해로 가고 있었다. 아무리 시선을 돌려도 내 앞에 심해가 있다는 사실을 모를 수는 없었다.

잘 자라는 인사가 시끌벅적하게 오간 후, 나는 드디어 방에 혼자 남았다. 나는 조바심 내며 천 조각들을 마구 벗어 던졌다. 서둘러야 한다. 지체할 시간이 없다. 목까지 올라오는 학생용 잠옷으로 갈아입고서 손목에 단추를 채웠다. 문득 세실의 하얗고 매끄러운 어깨가 떠올랐다. 이제 이 끔찍한 잠옷은 더 이상 견딜 수 없다. 깨끗한 외출용 슈미즈[46]를 꺼내 입었다. 좀 나았다. 적어도 팔과 목은 드러났으니. 나는 침대 속으로 들어가 촛불을 불어 껐다.

줄리 선생님이 뭐라고 했더라? 어여쁜 손, 어여쁜 발, 어여쁜 몸. 그래, 그런데 그 낯선 프랑스어 표현은 뭐였지? "Un joli corps." 예쁜 몸. 내 것, 예쁜 몸. 나는 그때까지 내

---

46 슈미즈(chemise). 원래는 겉옷 안에 입는 헐렁한 속옷을 가리켰으나 1780년대에 마리 앙투아네트(Marie Antoinette, 1755~1793)가 슈미즈와 비슷한 드레스를 입어 유행시키면서 겉옷을 가리키는 말로도 쓰였다.

몸에 대해 생각해 본 적이 없었다. 몸! 내겐 몸이 있고, 그 몸은 예쁘다. 몸이 어떻길래? 내 몸을 봐야겠다. 아직 시간이 있다. 선생님이 벌써 오시진 않을 테니. 나는 초를 밝히고 침대에서 뛰쳐나와 슈미즈를 벗었다. 거울, 조그만 거울이 세면대 위에 있었다. 그 거울로는 얼굴과 어깨밖에 볼 수 없었다. 나는 의자 위로 올라갔다. 그러자 더 많이 보였다. 나는 기묘하게 빛을 받고 서 있는, 머리와 다리가 없는 거울 속 형체를 바라봤다. 이상하게 매력적이고 이상하게 혐오스러웠다. 나는 목부터 허리까지 이 기묘한 생명체의 몸을 손으로 훑으며 내려갔다. 아! 이건 내가 견딜 수 있는 범위를 넘어서는 것이다! 한 번도 느껴본 적 없는 고통스러운 전율이 나를 휘감았다. 나는 곧장 슈미즈를 다시 걸쳐 입고서 침대로 돌아갔다.

이제 나는 아무 생각도 하지 않고 아무 감정도 느끼지 않은 채 귀를 기울였다. 소리에만 집중했다. 시끄러운 소리가 점차 잦아들었다. 쾅하고 문이 닫히는 소리, 발소리, 이따금 들리던 말소리와 웃음소리도 사라졌다. 학교는 이제 조용하다. 아니, 아직 아니다. 여전히 창문이나 덧문을 여닫는 소리가 간간이 들렸다. 지금이다. 그래, 이젠 정말 고요하다. 이제 발걸음이 다가오는 소리, 바닥이 삐걱대는 소리를 들을 수 있다. 소리가 난다! 심장이 뛰다 멈추고 다시 뛴다. 아니다! 잘못 들었다. 선생님은 왜 이리 오래 걸리는가! 시간이 점점 늦어지고 있다. 너무 늦다! 너무! 그런데도 선생님은 아직 오지 않았다. 이렇게 늦은 적은 없었다. 나는 다시 초를 밝혀 시계를 들여다봤다. 1시. 우리는 11시에 잠자리에 들었다. 나는 문 쪽으로 살금살금 걸어가 조심스레 문을 열어 보았다. 복도 반대편 조금 떨어진 곳에 선생님의 방이 보였다. 방문 틈새로 빛 한 줄기 새어 나오지 않았다. 움직임도 전혀 없었다. 모든 것이 죽음 같은 정적에 깊이 잠겨 있었다. 나는 무거운 발걸음을 이끌고 천천히 침대로 돌아왔다. 선생님은 약속했다. 이제 오실 것이다. 선생님을 믿어야 한다. 혹시 오지 못할 이유라도 생긴 걸까? 하지만 그게 뭐든 지금까지 오지 못할 리는 없다. 선생님은 내가 기다린다는 사실을 알고 있다. 아! 선생님은 너무 잔인하다. 약속을 해 놓고 오지 않을 권리가 선생님에겐 없다. 선생님은 나를 잊어버렸다. 내가 존재하는지조차 알지 못한다. 선생님에겐 다른 생각, 다른 걱정거리가 있을 테니. 당연히, 당연히 그럴 것이다. 선생님에게 난 아무것도 아니다. 그저 어리석은 학생일 뿐. 선생님은 나보다 세실을 더 좋아한다. 가만! 소리가 들린다! 그날 밤 나는 희망과 실망 사이를 수십 번도 넘게 오갔다. 심지어 선생님이 오는 것이 불가능해졌음을 알았을 때마저, 겨울의 늦은 여명으로 방 안이 밝아 올 때마저, 나는 여전히 침대에 누워 몸을 뒤척이며 귀를 기울이고 있었다. 그러다 5시가 넘어서야 겨우 잠이 들었다.

하지만 그날 밤은 다른 밤들에 비하면 행복한 편이었다. 그날 이후 잠들지 못하는 쓰라린 밤을 여러 번 보내면서 나는 선생님이 나를 사랑한 적이 없음을, 그날 밤처럼 나를 사랑해 주는 날은 앞으로 없을 것임을 깨달았다.

IX

시뇨리나가 아침 식사를 쟁반에 담아 든 채 침대 옆에 서서 나를 깨웠다.

"몇 시예요?" 내가 물었다.

"10시. 널 부르지 말라는 지시가 있었어. 아침 식사는 침대에서 해도 되지만, 산책은 가야 하니 10시 45분까지 준비해서 내려와."

생각 따위 하지 않은 채 식사를 마치고 옷을 갈아입으면 딱 맞는 시간이었다. 산책하는 동안에도 나는 아무런 생각을 할 수 없었고, 하고 싶지도 않았다. 그날은 방문 교수가 와 있었으므로, 나는 점심시간에 줄리 선생님 옆자리에 앉지 않아도 되었다. 다행이었다. 두 교장 선생님이 식당으로 들어서자 다들 자리에서 일어났고, 나는 다른 아이들과 함께 잘 잤냐는 인사말을 들었다.

시간은 한없이 천천히 흘러갔다. 그러다 4시쯤 누군가가 교실로 와서 말했다.

"올리비아, 서재에 가 봐. 줄리 선생님이 문학 과제 돌려주신대. 난 이번 주는 나쁘지 않아. 만세!"

나는 무거운 마음을 안고서 비틀비틀 걸어갔다. 분노, 수치심, 창피함이 한가득 나를 짓눌렀다.

줄리 선생님은 방 한가운데, 습자책이 한 무더기 쌓인 커다란 책상 앞에 앉아 있었다.

내 심장은 이제 부르트다 못해 터져 버렸다. 피로가 몰려왔다. 나는 절망했고, 화가 났다. 나는 속았다. 멍청한 짓을 했다. 모든 게 쓸모없었다. *헛된 희망! 헛된 희망!* 나는 고개를 숙인 채 머리를 부여잡고 흐느껴 울었다.

선생님이 의자에서 일어났다. 나는 격렬하게 흐느끼는 와중에도 온 신경을 선생님의 움직임에 집중하고 있었다. 하지만 선생님은 내 곁으로 오지 않았다. 오히려 내게서 멀어져 벽난로 옆에 섰다.

"올리비아," 선생님이 진중하게 말했다. "어젯밤에 널 실망시켰다면 미안하다. 내가 왜 그랬는지 네가 이해하지 못한다면, 나도 설명해 줄 순 없구나. 하지만 네가 내 노력을 알아줬으면 좋겠다. 지금 우리한텐 이게 최선이야." 그러곤 알아듣기 힘들 정도로 작은 목소리로 속삭였다. "널 많이 사랑한다, 아가." 선생님의 목소리가 갈라지고 가라앉았다. 잠시 후 더 낮은 목소리로 덧붙였다. "네가 생각하는 것보다 더 많이." 그 말을 남긴 채 선생님은 방을 나갔다. 문이 닫히고 나는 혼자 남았다.

적막이 흐르는 커다란 방 안에서 내 흐느낌은 점차 잦아들었다. 고요히 깊어 가는 땅거미가 나를 진정시켰다. 선생님의 말, 선생님의 부드러운 목소리가 망토처럼 포근하게 나를 감쌌다. 나는 눈물을 닦았다. 방 안 한 구석에는 사모트라케의 니케[47]를 본뜬 거대한 조각상이 환하게 빛나고 있었고, 한쪽 벽에는 미켈란젤로의 선지자들과 무녀들[48]이 기다란 천을 두른 채 위용스레 앉아 있었다. 다른 쪽 벽으로

---

47 그리스 사모트라케 섬에서 발견한 헬레니즘 시대 조각상. 승리의 여신 니케를 조각한 작품으로, 1863년에 100개가 넘는 파편으로 발견되었다. 현재 프랑스 루브르 박물관에서 소장하고 있다.
48 미켈란젤로(Michelangelo, 1475~1564)가 그린 시스티나 성당의 천장화 중 일부로, 일곱 선지자와 다섯 무녀 그림을 말한다.

시선을 돌리니, 피라네시[49]가 동판에 새긴 로마의 수도교가 나를 끝없이 펼쳐진 장엄한 세계로 이끌었다. 탁자 위 화병에는 니스에서 온 장미 한 다발이 활짝 피어 있었고, 주위는 온통 책으로 가득했다. 엄숙함, 고귀함, 아름다움, 사랑, 이들이 다 헛된 희망이란 말인가? 아니, 아니다, 백 번이고 아니다! 나는 엄숙함과 고귀함, 아름다움과 사랑을 믿는다. 내 영혼을 다 바쳐 믿는다. 그것을 좇는 일은 재능과 장점을 낭비하는 것이 아니다. 다만 더 순수한 영혼으로, 이기심은 버린 채, 더 깊은 믿음으로 그것을 추구해야 한다. 나는 이제 더 수월하게 그 일을 해낼 수 있을 것이다. 나는 더 이상 혼자가 아니다. 선생님이 나와 함께 있다. 내 옆에 있다. '우리'라고 말씀하시지 않았던가. 선생님은 나를 데리고 자신이 사는 별로 올라갔다. 선생님도 나를 사랑한다. 더 많이. 아! 내가 받아 마땅한 사랑보다 훨씬 더 많이! 선생님은 나보다 훨씬 더 슬펐음에도 불구하고 기꺼이 시간을 내어 나를 안쓰럽게 여겨 주었다. 연민과 고마움이 물밀듯 밀려와

---

[49] 조반니 바티스타 피라네시(Giovanni Battista Piranesi, 1720~1778). 이탈리아의 판화가이자 건축가. 수도교(水道橋)를 포함하여 로마의 폐허와 유적을 동판화로 남겼다.

나를 사로잡았다. 나는 그 무게에 눌려 온몸이 축 늘어졌다. 너무 피곤하다! 나는 선생님이 자주 앉는 안락의자에서 쿠션을 빼내 바닥에 놓았다. 그러곤 그 위에 쓰러지듯 머리를 묻고 잠이 들었다.

시간이 얼마나 흘렀는지 모르겠지만, 일어나니 방에는 불이 켜져 있었고 카라 선생님이 나를 내려다보며 서 있었다.

"너!" 카라 선생님이 말했다. "지금 여기서 뭐 하는 거지?"

나는 잠이 다 깨지 않은 상태로 일어나 앉아 눈을 껌벅이며 대답했다. "아무것도요. 깜빡 잠이 들었나 봐요."

"잠이 들다니!" 카라 선생님이 화를 내며 말했다. "근데 하고 많은 곳 중에 왜 하필 여기서 잠이 들지?"

나는 일어서서 "죄송합니다."라고 멍하니 중얼거린 후, 문 쪽으로 가려 했다.

그때 선생님이 나를 붙잡고는 격앙된 목소리로 앞뒤가 맞지 않는 말을 쏟아 냈다.

"너! 너한테, 너한테 희망을 걸었어, 기대도 했었지. 너도 날 배신했어, 날 버렸다고. 네 어머니가 알면 뭐라고 할까?

네가 잘못된 길로 빠져서 타락하고 부패했다는 걸 네 어머니가 알게 된다면 말야! 넌 엄청나게 게을러졌고, 모르긴 몰라도 사악해졌겠지! 천한 이탈리아 유대인 손에 놀아났어! 그리고 더 나쁜 것들에도! 지금 네 모습을 봐. 풀어 헤친 머리하며, 지저분하고 구겨진 드레스에, 그 정신 나간 듯한 눈빛은 또 어떻고! 부끄러운 줄 알아라, 올리비아! 창피한 줄 알아! 창피한 줄 알라고!"

카라 선생님의 목소리는 점점 더 높아져 어느새 비명으로 변해 있었다. 나는 선생님이 제정신이 아니라고 생각했다. 그렇게 발작하듯 흥분하는 사람을 나는 그때까지 한 번도 본 적이 없었다. 숨넘어갈 듯 날카로운 목소리, 흐느낌과 뒤섞인 웃음, 정신 나간 말들이 나를 두렵게 했다. 그러다 카라 선생님이 갑작스레 몸을 돌렸다. 줄리 선생님이 내 뒤에서 문을 열고 방 안으로 들어와 있었다. 나는 이제 두 사람 사이에 서 있었다.

"무슨 일이야, 카라?" 줄리 선생님이 말했다.

홍수의 물줄기가 미쳐 날뛰다 방향을 바꿔 쏟아졌다. 카라 선생님은 이제 머리부터 발끝까지 온몸을 떨고 있었다.

"네가 제일 좋아하는 사람 중 하나, 네 소중한 사람들 중

하나 좀 봐 봐! 네 **희생양** 중 한 명 말야!" 카라 선생님이 악을 쓰며 소리를 질렀다.

"나가 보거라, 올리비아." 줄리 선생님이 말했다.

줄리 선생님이 겨우 탈출시켜 준 덕분에 나는 문 쪽으로 달아날 수 있었다. 하지만 문 앞에 채 도착하기도 전에 분노에 찬 울부짖음을 들었다.

"오, 맞아. 넌 밤에 그 애들 방에 가지. 세실, 바이에토, 이젠 저 애 방에 말야! 그래, 넌 그 애들한테 가지, 그렇고말고."

머리가 빙글빙글 돌았다. 나 또한 머리부터 발끝까지 온몸이 떨렸다. 그건 다 무슨 의미였을까? 나는 왜 갑자기 공포심에 휩싸였을까? 조금 전만 해도 천상의 빛으로 가득하던 풍경이 왜 돌연 어둠에 잠긴 채 추악한 위험과 사악한 괴물들이 도사리는 곳으로 변했을까? 모든 게 불가사의한 가운데 의심이 안개처럼 내려앉았다. 마음속 깊은 곳에는 내가 여태껏 알지 못한 질투심, 사악한 일을 향한 호기심, 그러한 일이 일어나길 바라는 끔찍한 마음이 자리 잡았다. 이토록 짧은 시간에 낙원의 영광에서 추락해 이 비참한 곳까지 오다니! 나는 그때 처음으로 천국과 지옥의 문이 서로 가까이 있음을, 서로 맞닿아 있음을 알았다.

그날 밤도 아주 조금밖에 자지 못했다. 나는 몇 시간이나, 적어도 내겐 몇 시간처럼 느껴진 긴 시간 동안 몸을 뒤척이며 침대에 누워 있었다. 이런저런 생각이 두서없이 떠올라 대립했고, 마음은 온통 전쟁터였으며, 모든 문제가 혼란스럽고 흐릿하기만 했다. 내가 저질렀다고 비난받은 그 악행이란 도대체 무엇인가? 나는 실제로 악행을 저지를 만한 사람인가? 그렇다. 내 안에, 지금 내가 느끼는 이 증오와 공포와 혼란 속에 악이 있다. 하지만 사랑은 악이 아니다. 가장 많이 사랑할 때, 나는 가장 선했다. 하지만 최근에는 깊이를 알 수 없는 어딘가에서 내뱉은 한숨이 사랑마저 가려버리지 않았던가? 그리고 나는 그 안에서 몸서리치지 않았던가? 왜 선과 악은 서로 뗄 수 없을 정도로 마구 뒤엉켜 있는가? 악? 내가 사랑하는 사람의 순수한 얼굴에 악이 존재했던가? 그녀의 섬세한 입술에 감도는 달콤함에 악이 있었나? 그녀의 뺨을 따라 흐르는 섬세하고 창백한 곡선에는? 생각에 잠긴 깊은 눈에는? 진중한 눈썹에는? 그때 또 다른 얼굴이 생각났다. 분노에 일그러진 얼굴, 추악한 증오심과 추악한 허영심과 추악한 나약함에 부르터 붉게 상기된 얼굴이 떠올랐다. 둘 중 어느 쪽에 선이 존재하는지 고민할 필요가 있을까? 그러다 갑자기 세실의 희고 매끈한 어깨가 떠올랐고, 나는 침대에 누워 온몸을 비틀었다. 나 역시 추악한 증오심과 허영심, 나약함의 손아귀에서 벗어나지 못한 것이다. 기도하고 싶었다. 어떤 신에게 기도해야 하는지 안다면 그러고 싶었다. 아! 나는 이성에게, 침착한 지혜의 여신 미네르바 같은 존재에게 기도해야 한다. 신성한 거처인 올림포스산에서 내려다볼 미네르바, 내 열정을 잠재우고, 지옥 불이 내뿜는 연기를 쫓아내고, 내 영혼에 명확함과 분별력을 다시 가져다줄 미네르바에게 간절히 빌어야 한다. 이런 생각에 빠져 기도하는 사이 평화가 찾아왔고, 나는 잠이 들었다.

X

다음 날 아침 나는 마음을 굳게 다잡으며 침대에서 벌떡 일어났다. 나는 더 열심히 공부하고 더 열심히 사랑해서 **더 나은 사람**이 되기로 결심했다. 역사 교수님은 **어김없이** 따분할 테지만, 나는 그가 하는 말에 집중할 것이다. 생각이 익숙한 듯 유혹의 길로 빠져 배회하면, 나는 그 순간 바로 생각을 멈출 것이다. 꼭 해야 하는 일에 온 정신을 집중할 것이다. 가능한 한 최선을 다해 그 일을 해낼 것이다. 아아! 그때까지만 해도 나는 알지 못했다. 정신 집중이란 오랜 훈련을 거친 후 습관이 몸에 배어야 가능하다는 사실을. 그러니 새로운 삶을 시작하는 첫날 내가 어찌 그 모든 환영을, 어깨의 환영과 옆모습의 환영을 다 쫓아버리기를 기대할 수 있었겠는가? 강의를 듣다가 갑자기 교수의 목소리와 말, 존재가 다 사라지고 "널 많이 사랑한다 아가… 네가 생각하는 것보다 더 많이."라는 들릴락 말락 하는 속삭임만 들렸다면, 그건 내 탓이었을까? 갑자기 심장이 거칠게 뛰더니 따뜻한 손을 지그시 누르는 내 입술, 반지의 단단함, 모직 드레스의 거친 감촉이 떠올랐다면, 나는 과연 그것을 피할 수 있었을까? 또는 제정신이 아닌 듯 흥분하여 "넌 밤에 세실의 방에 가잖아!"라며 울부짖는 목소리를 다시 들었다면? 나는 이런 감정과 의심을 억누르려고 리슐리외 정부에 애써 집중했다. 그러다 결국 집중하지 못하고 실패했다면, 그건 내 잘못이었을까?

이러한 불안과 의심은 이탈리아어 교습 시간에 기어코 수면 위로 올라왔다.

"시뇨리나," 내가 물었다(질문을 던지면서도 그런 나 자신이 경멸스러웠다). "줄리 선생님이 밤에 세실의 방에 가신다는 게 사실인가요?"

"세실의 방에 가다니!" 시뇨리나가 어이없다는 듯 웃었다. "선생님이 대체 거길 왜 가시니? 선생님은 세실을 털끝만큼도 신경 쓰지 않으셔. 그리고 세실로 말하자면, 걘 단잠을 깨우면 다음 날 아침에 바로 떠날 애야. 알겠다, 카라 선생님이 널 괴롭히는구나."

 잠깐 침묵이 흘렀다. 잠시 후 시뇨리나가 다시 말을 이었다. "올리비아," 시뇨리나가 말했다. "줄리 선생님은 너한테 가시듯 나한테도 오셔. 왜냐하면 우리가 선생님을 사랑하니까. 그리고 난 너한테 질투를 느낄 이유가 아주 많아. 네가 날 질투할 이유보다 훨씬 더 많지. 하지만 난 널 질투하지 않아. 줄리 선생님은 나한테 말씀해 주셔. 이 끔찍한 상황에 관해 이야기해 주시지. 어젯밤엔 너와 카라 선생님 사이에 있었던 일을 이야기해 주셨어. 카라 선생님이 정신 나간 사람 같았다고⋯. 계속 이렇게 지낼 순 없어. 모두에게 좋지 않아. 학교에도, 학생들한테도. 이건 줄리 선생님의 마음을 갉아먹고 있어. 게다가 선생님이 카라 선생님을 달래기 위해 하는 일은 죄다 카라 선생님을 더 악화시키기만 해. 선생님은 드디어 마음을 정하셨어. 떠나기로 결심하셨어."

 "떠나다니!" 나는 너무 놀라 소리를 질렀다. "어째서요? 언제요? 앞으로 뭘 하실 건데요?"

 "정해진 건 없어." 시뇨리나가 대답했다. "그치만 선생님은 리즈너 선생님과 카라 선생님이 여기 계속 남아서 학교를 운영하게 하고, 당신은 캐나다로 건너가서 학교를 새로 만들 생각이셔. 난 물론 선생님이랑 같이 떠날 거고."

믿기 어렵겠지만, 나는 그때 처음으로 미래를 생각했다. 그때까지 나는 난생처음 겪어 보는 온갖 격렬한 감정에 푹 빠져 지내느라 현재가 영원하지 않다는 생각을 단 한 번도 하지 않았다. 가장 먼저 생각한 건 나 자신이었다. 선생님이 떠난다, 캐나다로, 다른 세계로…. 선생님이 떠난다, 어쩌면 영원히…. 가늠할 수 없을 정도로 넓은 바다가 나와 선생님 사이를 갈라놓을 것이다. 셀 수 없이 긴 세월 동안….

충격에 머리가 어지러웠다. 온 세상이 빙글빙글 돌았다. 어둠이 구름처럼 몰려와 눈앞을 가렸다. 금방이라도 기절할 것만 같았다.

우리가 이탈리아어 수업을 하던 조그만 공부방에는 소파가 하나 있었다. 시뇨리나가 나를 그 위에 눕혔다. 나는 육체의 나약함에 감사했다. 그 나약함 덕분에 견디기 어려운 고통이 마취제라도 맞은 듯 무뎌졌다. 뭔가 잔인하고 무서운 말을 들은 것 같다고 어렴풋이 느꼈지만, 언제 무슨 말을 들었는지는 알지 못했다. 시뇨리나가 『약혼자들』[50]을 집

---

50 『약혼자들』(*I Promessi Sposi*, 1827). 이탈리아 소설가 알레산드로 만초니 (Alessandro Manzoni, 1785~1873)의 소설.

어 들어 단조로운 목소리로 읽어 나갔다. 이탈리아어 선율이 밀려들어 나를 감싸는 동안, 나는 귀를 기울이지도 생각도 하지 않은 채 소파에 누워 있었다. 그러다 갑자기 의식이 돌아왔다.

"오, 시뇨리나," 나는 일어나 앉아 시뇨리나를 향해 손을 뻗으며 소리쳤다. "난 뭘 해야 하죠? 어떻게 해야 내가 견딜 수 있을까요?"

"침착해, 올리비아." (오, 어른들이란! 침착하라니!) "벌써부터 불안해할 필요 없어. 이번 학기가 끝날 때까진 모든 게 전과 같을 거야. 그리고 넌 어차피 연휴 기간엔 집에 갈 테고. 내 생각에 선생님이 안 계시는 다음 학기엔 넌 학교로 돌아오지 않아도 될 거 같아."

(다음 학기에 돌아오면, 선생님이 여기 없다니!)

"그리고, 올리비아, 내가 다 계획을 세워 뒀어. 우린 캐나다에 학교를 세울 거야. 2, 3년쯤 지나면, 넌 충분히 나이가 들 테고 시험도 통과했을 테지. 그럼 넌 새 학교에 선생님으로 오는 거야."

(2, 3년 후라니!!!)

헛되고 나태한 위로다! 나는 알고 있었다.

그러니까 질투라는 독수리가 부리와 발톱으로 내 심장을 꽉 움켜쥐고 있다가 마침내 놓아줬는데, 이제 더 심한 고난이 나를 기다리고 있었다. 시간은 쏜살같이 흘러가 버린다는 사실이 기억났다. 5주! 금방 4주가 될 테고, 또 금방 3주, 그러다 2주, 그리고 일주일만 남았다가, 그다음엔….

나는 사형 선고를 받은 포로였다. 도망칠 수 없었다. 그저 감방 안에서 발버둥 칠 뿐이었다. 항복이나 수용은 생각조차 하지 못했다. 타인의 고통 역시 거의 생각나지 않았고, 오로지 내 고통만 느꼈다. 그래, 나는 내 이기심의 포로였다. 게다가 가차 없이 흐르는 하루하루를 조금 더 오래 누리길 바랄수록, 시간은 더 빠르고 더 무섭게 달아났다. 아침에 방을 나서면 금세 밤이 되어 다시 방으로 돌아왔다. 귀중한 날들이 기억할 새도 없이, 내 자그마한 보물 더미에 금 알갱이 하나 더하지 않은 채 흘러갔다. 그렇게 하루하루 흘러가는 동안, 줄리 선생님은 내게 친절했지만 거리감을 유지했다. 이제 초대받지 않고 서재에 가는 일은 감히 엄두조차 나지 않았다. 어쩌다 단둘이 있을 때도 선생님은 더 이상 내 손 위에 자신의 손을 올려 두지 않았다. 선생님이 늦게 돌아오는 날이면 나는 여전히 복도를 울리는 선생님의 발소리에 귀를 기울였지만, 희망에 차서 심장이 두근대는 일은 더 이상 없었다.

이렇게 시간이 흐르는 동안 변화의 징조가, 더 정확히 말하면 재앙의 징조가 점점 더 가까이 다가왔다. 시뇨리나는 다가올 이별에 관해 아무에게도 말하지 말라고 했고, 나는 그렇게 했다. 하지만 공기 중에는 불안감이 감돌았다. 아이들이 구석에 모여 수군거렸고, 선생님들은 불안해 보였다. 평소에 보지 못한 외부 사람들이 학교를 오갔다. 서류로 가득한 검은색 서류 가방을 든 남자들이 두 교장 선생님과 함께 위층으로 올라가 연구실에 틀어박혔다. 줄리 선생님은 파리에 더 자주 갔고, 하루는 카라 선생님마저 숄과 머플러로 꽁꽁 싸맨 채 리즈너 선생님과 함께 유개 마차를 타고 나갔다(시내로 간다고들 했다).

"법적으로 정리하는 거야." 시뇨리나가 말했다. "헤어지려면 서류 정리를 해야 하거든. 선생님은 카라 선생님한테 지나치게 관대하셔. 리즈너 선생님은 자신의 소중한 친구가 티끌 하나까지 뽑아내는지 지켜보고 있고. 그런데도 줄리 선생님은 하나도 신경 쓰지 않으셔. 학교에 투자한 돈은 1페니까지 선생님 돈이지만, 극히 일부만 돌려받게 되실 거야.

게다가, 이건 어떻게 생각하니, 선생님이 아버지 책을 본인이 갖겠다고 하셨는데, 그 사람들은 책도 가격을 매겨서 절반은 카라 선생님한테 줘야 한다고 했대. 선생님은 어깨만 한 번 으쓱하고선 그러라고 하셨어."

그러니까 가슴이 찢어지는 와중에도 물질적 이해관계를 다투는 불쾌한 질문들은 계속 오가야 했다.

가슴이 찢어지는 와중에도….

보통 일주일 중 하루는 줄리 선생님이 저녁 시간을 활용해 서재에서 상급생들에게 책을 읽어 주었다. 그럴 때면 나는 온통 프랑스 문학으로 물들었다. 선생님은 얼마나 많은 걸작을 우리에게 읽어 주셨던가! 얼마나 많은 작품이 선생님의 아름다운 목소리를 통해 모습을 드러냈던가! 선생님이 우리에게 얼마나 많은 것을 전해 주었기에, 우리 모두 선생님의 통렬한 재치와 천재적인 영혼에 물들어 생명력을 얻었던가!

아, 베레니케! 간명하지만 영원히 기억될 작별 인사를 줄리 선생님의 억양으로 듣지 못했다면, 선생님의 회색빛 눈동자와 살며시 떨리는 입술을 보지 못했다면, 가슴이 미어질 듯 비통한 당신의 장엄한 순간을 내가 생각이나 해봤겠는가?

> … 그리고 영원한 작별을 고합니다.
> **영원히! 아! 폐하, 폐하는 생각해 보셨나요**
> **이 잔인한 말이 사랑하는 이들에게 얼마나 끔찍한 말인지요?**
> **한 달 후, 1년 후, 우리는 얼마나 괴로워하게 될까요,**
> **폐하, 수많은 바다가 당신과 저를 갈라놓을 테지요,**
> **하루가 시작한들 하루가 저문들 무슨 소용이겠어요,**
> **티투스가 베레니케를 다시 만날 수 없는데,**
> **베레니케가 티투스를 온종일 만날 수 없는데?**[51]

알세스트와 셀리멘![52] 줄리 선생님 덕분에 당신들이 내 삶 속에 살고 있다! 당신도, 친애하는 훌륭한 무슈 주르댕![53]

---

51 장 라신, 『베레니케』(*Bérénice*, 1670), 9막 10장, 베레니케의 대사.
52 알세스트(Alceste)와 셀리멘(Célimène)은 몰리에르의 희곡 『인간 혐오자』(*Le Misanthrope*, 1666)의 남녀 주인공.
53 무슈 주르댕(Monsieur Jourdain)은 몰리에르의 코메디 발레 『서민 귀족』(*Le Bourgeois Gentilhomme*, 1670)의 주인공.

그리고 당신, 돈 로드리고![54] 가끔씩 라마르틴의 시 「호수」[55]의 첫 연을 마음속으로 낭송할 때면 경쾌한 리듬, 첫 3행의 빠르게 다가오는 공포와 재촉하는 듯한 말소리, 마지막 단음절어 네 개의 느릿한 종소리 같은 울림을 기억하지 않을 수 없다.

> **그리하여, 끊임없이 낯선 기슭으로 떠밀리고,**
> **돌아올 기약 없이 영원한 밤 속으로 실려 가는 동안,**
> **우리는 세월의 바다 위에**
> **단 하루라도 닻을 내릴 수 없는가?**

나는 선생님이 마지막으로 책을 읽어 주신 날을 기억한다. 우리가 늘 모이는 저녁 시간이었다. 바로 전 몇 번과 달리

---

54 돈 로드리고(Don Rodrigue)는 피에르 코르네유의 희곡 『르 시드』(*Le Cid*, 1637)의 주인공.

55 「호수」("Le Lac")는 프랑스의 시인이자 정치가 알퐁스 드 라마르틴(Alphonse de Lamartine, 1790~1869)의 시로 『명상 시집』(*Méditations Poétiques*, 1820)에 실렸다. 라마르틴은 1816년 엑스레뱅으로 요양을 갔다가 줄리 샤를이라는 여인을 만난다. 둘은 부르제 호수에서 1년 뒤 다시 만나기로 약속하지만, 폐결핵으로 사망한 샤를은 약속을 지키지 못한다. 라마르틴은 혼자 부르제 호수를 찾은 경험을 「호수」에 담았다.

그날은 선생님이 낭독을 취소하지 않고 오셨다. 우리는 모두 예닐곱 명쯤 되었다. 나는 선생님 가까이는 아니지만 선생님의 얼굴을 볼 수 있는 곳에 앉았다. 그날 선생님은 아주 오래전 그 첫 저녁처럼 상아로 된 편지칼을 들었고, 그 첫 저녁처럼 나를 불러 옆에 앉게 했다.

"이리 오렴, 올리비아, 여기 앉거라."

그날 저녁 선생님이 읽어 주신 여러 작품 중 기억나는 건 「모래 언덕 위에서 하는 말」[56]뿐이다.

오, 혹시 이 글을 읽는 독자 중에 내가 선생님이 아닌 내 이야기만 늘어놓아서 이기적이라고 생각하는 사람이 있다면, 이 점을 기억해 달라. 선생님은 나와 너무 멀리 떨어져 있었고, 나와는 아주 다른 경험과 감정의 세계에 살고 있었으며, 선생님이 겪는 고통을 상상하는 일은 나로선 어렵다 못해 거의 불가능했다! 독자들이 기억, 후회, 회한을 짊어진 이 비극적이고 힘겨운 시어들을 다시 듣고서 내가 그 의미를 거의 이해할 뻔했음을 알아주기를!

---

56 「모래 언덕 위에서 하는 말」("Paroles sur la Dune")은 빅토르 위고(Victor Hugo, 1802~1885)의 시집 『명상』(*Les Contemplations*, 1856)에 실린 시.

이제 내 시간은 횃불처럼 점점 사그라들고,

내 임무는 끝이 났다.

애상과 세월을 지나,

이제 무덤에 이르렀다.

...

사라진 날들은 어디로 갔는가?

나를 알아보는 이 있는가?

내 시린 눈동자엔 아직

젊음의 빛이 남아 있는가?

...

사랑했던 것들을 이제 더는 볼 수 없는가?

마음 깊이 밤이 내린다.

오 대지여, 안개가 봉우리를 가렸구나.

나는 유령이고, 너는 무덤인가?

삶, 사랑, 희망, 기쁨은 모두 사라졌는가?

나는 기다리고, 요구하고, 간청한다.

한 줌이라도 남았을까
내 유골함들을 차례차례 기울여 본다.

추억은 회한과 얼마나 가까이 있는가!
눈물은 모두 다시 돌아오는구나!
가까이 오니 네가 너무 차다, 오 죽음이여,
생의 문을 닫는 검은 빗장이여!

선생님은 내게 그 시를 읽어 주셨다. 난 알 수 있었다. 그래, 숨은 의미를 나는 이해했지만 다른 사람들은 아니었다. 깊은 유대감, 말이나 토닥임의 힘을 넘어서는 교감을 느끼며, 나는 다시 한번 선생님 마음 가까이 가닿았다. 한없이 사랑스럽고 한없이 먼 별 위에서, 어둡고 차가운 세계를 향해 슬픔과 애정과 포기가 뒤섞인 빛을 쏟아붓는 별 위에서, 나는 선생님과 함께였고, 선생님 옆에, 영원토록 선생님 가까이 있었다.

XI

 다음 날 줄리 선생님은 파리로 떠났다. 선생님은 저녁 식사 시간에 맞춰 돌아오길 바랐지만 그럴 수 있을지는 확신할 수 없었다.

 우리는 카라 선생님이 언제나처럼 심한 두통에 시달리는 모양이라고 생각했다. 리즈너 선생님은 온종일 카라 선생님 방을 들락거리며 선생님을 돌봤다. 그런 날이면 카라 선생님은 밤에 물약으로 된 수면제를 마셨는데, 당시는 알약이나 캡슐을 개발하기 전이었으므로 수면제는 일반적으로 액상이었다. 우리는 카라 선생님을 방해하지 않도록 최대한 조용히 잠자리에 들라는 지침을 받았다.

 "리즈너 선생님이 피곤하신가 봐." 저녁 식사가 끝나고 나서 시뇨리나가 내게 말했다. "본인도 자야겠다며 방에 가셨는데, 내가 수면제를 준비해서 카라 선생님께 갖다 드리길 원하셔. 그치만 난 안 할 거야. 스미스 선생님한테 시키는 게 좋을 것 같다고 말씀드렸어. 스미스 선생님은 꽤 믿을 만한 사람이니까."

나는 일찍 잠자리에 들어 두세 시간 정도 뒤척이며 얕은 잠을 잤다. 그러다 복도에서 발소리가 난 것 같아 가만히 귀를 기울였다. 하지만 아니었다. 그건 다른 사람의 발소리였고, 줄리 선생님의 마차 소리는 한참 후에나 들렸다. 시계를 들여다보니 12시 조금 전이었다. 또 귀를 기울였다. 다시 잠들려면 선생님이 내 방문 앞을 지나가는 소리를 들어야만 했다. 그날 밤은 선생님이 평소보다 조금밖에 늦지 않아 긴 복도를 내딛는 발소리를 예상보다 빨리 들을 수 있었다. 발소리는 처음엔 빠르게 다가오더니 가까이 올수록 느려졌고, 머뭇대는 듯하더니 멈춰 섰다. 문밖에 선생님이 있다. 문손잡이가 돌아가고 선생님이 들어왔다. 어두워서 얼굴은 잘 보이지 않았다. 선생님이 다가와 침대 위에 앉았다. 나는 선생님의 목을 감싸 안으며 선생님의 어깨에 머리를 기댔다. 선생님이 나를 꼭 끌어안았다.

"피곤하구나, 힘이 하나도 없어." 선생님이 속삭였다. 그러더니 격렬한 감정에 휩싸인 듯, 그러면서도 한껏 숨을 죽인 채 한탄했다.

"내게 가장 순수한 기쁨을 주던 것들이 엉망진창이 되어 버렸다. 머릿속까지 엉망이 됐어. 마음속 가장 깊숙한 곳마저도. 이젠 아무런 기쁨도 느낄 수 없어. 내가 사랑한 모든 것과 이제 작별 인사를 해야 한다. 너한테도, 올리비아, 올리비아."

선생님이 내 볼에 입을 맞추려 고개를 숙였고, 나는 선생님의 눈물이 내 볼 위로 떨어지는 것을 느꼈다.

나는 그렇게 선생님의 어깨에 머리를 기댄 채 흐느껴 울면서 조금 더 선생님 품에 안겨 있었다.

아주 잠깐 그렇게 있었다. 선생님은 살며시 몸을 떼려다 내가 선생님의 두 손을 내 가슴 쪽으로 끌어당긴 채 놓아주지 않자 단호하다 싶은 목소리로 말했다. "놓아 다오, 올리비아."

나는 그렇게 했다.

선생님이 나가고 문이 닫히자 나는 침대에 엎드려 베개에 얼굴을 파묻었다.

❋ ❋ ❋

그런데 그때 갑자기 나를 깨운 건 뭐였던가? 그 끔찍한 소리는 뭐였나? 방문이 벌컥 열렸다. 줄리 선생님이 한 손에 양초를 든 채 겁에 질린 얼굴로 서 있었다.

"빨리! 빨리!" 선생님이 평소와 다르게 쉰 목소리로 외쳤다. "가서 시뇨리나와 리즈너 선생을 데려와. 카라 선생님한테 문제가 생겼어. 뛰어! 뛰어가!"

나는 서둘러 침대에서 빠져나왔다. 실내용 가운을 걸치거나 슬리퍼를 신을 새도 없이 어두컴컴한 복도를 달려, 천장과 바닥에 달린 야간등의 희미한 불빛에 의지해 계단을 뛰어 올라갔다. 그리고 시뇨리나의 방문을 열어젖혔다. 짐작대로 시뇨리나는 깨어 있었다.

"빨리! 빨리!" 나는 숨을 헐떡이며 소리쳤다. "뭔가 문제가… 줄리 선생님이… 카라 선생님이… 시뇨리나를 불러오래요."

시뇨리나는 침대에서 일어나 나를 붙잡았다.

"누구한테 문제가 생겼다고?" 시뇨리나가 소리쳤다.

"카라 선생님. 카라 선생님이요. 전 이제 리즈너 선생님을 부르러 가야 해요."

시뇨리나는 나를 붙잡고 놓아주지 않았다. "무슨 일이야? 무슨 일이냐고?"

"모르겠어요. 얼른 줄리 선생님께 가 보세요."

나는 다시 한번 복도를 달려 반대편에 있는 리즈너 선생님 방으로 갔다. 그곳에는 더 어려운 임무가 남아 있었다. 문을 두드렸다. 때려 부술 듯 난타했다는 편이 더 정확하겠다. 그러고는 문을 열고 소리쳤다.

"리즈너 선생님! 리즈너 선생님! 일어나세요! 일어나세요! 일어나요!"

"무슨 일이야?" 리즈너 선생님이 마침내 대답했다.

"아래층으로 내려오시래요. 빨리요!… 카라 선생님한테… 문제가 생겼어요."

나는 리즈너 선생님이 침착하게 초를 켜는 모습을 지켜봤다.

"무슨 일이지?" 리즈너 선생님이 다시 물었다.

"모르겠어요… 모르겠어요, 정말이에요. 근데 선생님을 불러오라고 하셨어요… 빨리… 빨리요!"

내가 다시 아래층으로 내려갔을 때, 시뇨리나는 작고 단

정한 실내용 가운을 걸치고 슬리퍼를 신은 채 따뜻한 물이 든 병과 따뜻한 물에 적신 천 따위를 나르며 바삐 움직이고 있었다. 리즈너 선생님도 얼마 지나지 않아 합류했다. 나는 학교 관리인을 깨워 그녀로 하여금 의사를 불러오게 하라는 임무를 맡았는데, 시뇨리나는 내가 관리인한테 가기 전에 치마와 모직 코트를 입고 신발을 신어야 한다고 했다.

"무슨 일이에요?" 내가 물었다.

"클로랄 과용이야." 내 예상과 일치하는 대답이 돌아왔다.

"상태는요?"

"의식이 없으셔. 내가 해 줄 수 있는 말은 여기까지야. 의사가 오기 전에 우리가 할 수 있는 일은 더는 없어."

하지만 당시는 전화도 자동차도 없던 시절이다. 정원사의 아들은 자전거를 타고 시내로 나가야 했고, 의사는 마차를 타고 와야 했다. 의사가 도착하려면 적어도 한 시간은 기다려야 했다. 나는 감히 질문할 엄두도 내지 못한 채 내 방으로 가서 기다렸다. 한동안 방문에 귀를 대고 서 있던 나는 안절부절못하며 좁은 침실을 왔다 갔다 하거나 침대에 엎드려 있었다. 처음에는 혼란과 동요가 일었으나 이내 부산스럽게 오가던 소리가 잦아들었고, 뒤이어 쥐 죽은 듯한 고요가 이어졌다.

한번은 친절하고 사랑스러운 시뇨리나가 방문 사이로 고개를 빼꼼 내밀었으나 "그대로야."라고 말한 게 전부였다. 줄리 선생님은 다시 보지 못했다.

마침내 의사의 발소리, 의사와 리즈너 선생님이 복도에서 잠깐 소곤대는 소리, 문이 조용히 닫히는 소리가 들렸다. 나는 다시 한번 힘을 내서 긴 기다림을 견뎌 보기로 했다. 할 수 있는 일이 분명 여러 가지 있을 것이다. 구토제, 위 세척, 인공호흡 등등. 하지만 내 상상과 달리 그런 일은 일어나지 않았다. 의사가 오기 전에는 그가 늦을수록 두려움이 커지더니, 막상 와서 금방 일어나 버리자 그편이 훨씬 더 두려웠다. 의사와 리즈너 선생님이 함께 복도를 걸어가는 소리가 들렸다. 이번에 말하는 사람은 의사였다.

그때 시뇨리나가 내 방으로 들어왔다.

"잠깐밖에 못 있어, 올리비아. 다 끝났어. 카라 선생님이 돌아가셨어. 실은 몇 시간 전에 돌아가셨지."

그 힘겨운 밤을 내가 어떻게 견뎠는지 모르겠다. 비탄에 빠진 건 분명 아니었지만, 당시 나는 그 사실을 알지 못했다. 나는 그때 처음으로 죽음을 마주한데다 그 죽음은 예측할 새도 이해할 새도 없어 아주 극심한 공포를 불러일으켰다. 마치 악의로 가득 찬 끔찍한 힘이 숨죽여 기다리고 있다가 우리가 가장 준비되어 있지 않을 때 잔인하게 내려치는 것만 같았다. 그 죽음은 노인들이 맞는 느리고 자연스러운 죽음이나 예측 가능하되 불가피한 병사와는 다른, 사고였다. 피할 수도, 일어날 이유도 없는 사고. 사고! 그런데 정말 사고였을까? 나는 갑자기 공포심에 사로잡혀 온몸이 얼어붙었다. 만약 사고가 아니라면? 카라 선생님이 의도적으로 수면제를 과용했다면? 그럴 가능성도 있을까? 아니, 그건 불가능하다. 선생님이 왜 그런 짓을 한단 말인가? 하지만 나는 그렇게 하겠다는 협박성 발언을 카라 선생님이 자주 했다는 사실을 알고 있었다. 그렇지만, 그렇게 협박하는 사람치고 실제로 그 일을 행하는 사람은 없다고 들었다. 그건 그저 흔히들 하는 말에 불과했다. 게다가 카라 선생님의 협박을 심각하게 받아들인 사람도 없는 것 같았다. 이건 분명 사고다. 스미스 선생님은 적정량의 수면제를 따라야 했다. 그런데 실수가 있었다. 내 기억에 틴들 교수님 역시 카라 선생님처럼 클로랄 과용으로 죽었는데, 교수님에게 클로랄을 준 아내는 이후 슬픔에 빠져 거의 정신을 놓아

버렸다. 다른 사람들은 뭐라고 생각할까? 줄리 선생님은? 오! 줄리 선생님 생각은 그만두자. 시뇨리나는? 리즈너 선생님은? 의사는 뭐라고 생각할까? 정확히 어떤 일이 일어났는지 나는 알게 될까? 그들이 내게 말해 줄까? 그들 자신은 진실을 알게 될까?

❋ ❋ ❋

나는 시뇨리나 덕분에 이후 며칠간 사람들이 어떤 결론을 내렸는지 들을 수 있었다. 하지만 나는 지금까지도 그들이 실제로 어떤 의심을 품었는지는 듣지 못했다고 생각한다. 어쨌든, 적어도 나는 내가 품었던 의심을 누구에게도 말하지 않았다. 물론 다음 날에는 조사가 진행되었다. 의사와 경찰서장, 그리고 '검찰관'이라 불린 몇몇 이상한 남자들이 계속 학교에 머물렀다. 사건과 조금이라도 관련된 사람들은 모두 조사를 받았다. 나 역시 불려 가서 내가 아는 내용을 이야기했다. 나에게는 특히 줄리 선생님이 몇 시에 돌아왔는지, 그때가 내가 말한 자정인지는 어떻게 알았는지 물어보았다.

"줄리 선생님의 마차가 들어오는 소리를 듣고 시계를 확인해 봤습니다."

"그게 줄리 선생님 마차라는 건 어떻게 알았습니까?"

"선생님께서 제 방으로 오셨으니까요."

"아! 왜 오셨을까요?" 나는 눈썹을 치켜세우는 그들이 싫었다.

나는 거짓말을 생각해 내려 애썼다. 이런 사람들에게 진실을 말해 봐야 진실을 모독하는 일밖에 더 되겠는가?

"제가 그날 아침에 몸이 좋지 않았는데, 제 상태가 어떤지, 필요한 게 있는지 물어보려고 오셨어요."

"특별한 말씀은 없으셨습니까?"

(특별한 말씀이라!)

"없었습니다. '좀 어떠니?', '잘 자렴!'이라고만 하셨어요."

(그들이 거기에 아무 말도 보태지 않은 것으로 보아, 다행히 줄리 선생님도 나와 비슷하게 말씀하신 듯했다.)

"줄리 선생님께서는 그러고 얼마 있다가 학생을 부르셨습니까?"

"제 생각엔, 2분쯤 뒤였던 것 같습니다."

"고맙습니다, 학생. 이만하면 됐습니다."

리즈너 선생님에게는 카라 선생님의 심리 상태에 대해 물었다.

"아주 침착하고 쾌활하셨습니다."라는 대답이 돌아왔다. 카라 선생님은 오전 내 두통에 시달리셨고 전날 밤 잠을 잘 못 주무시긴 했지만, 저녁엔 괜찮아 보였다. 그리고 리즈너 선생님은 8시경 카라 선생님께 취침 인사를 드리면서 수면제를 드시지 말라고 조언했다. "오!" 카라 선생님이 말씀하셨다. "그냥 옆에 두기만 하다가 정 잠이 안 오면 그때 먹을 거야." 리즈너 선생님 자신도 두통이 심해 스미스 선생님에게 지시를 내린 후 잠자리에 들었다.

다음으로, 스미스 선생님에게는 카라 선생님이 침착하고 쾌활한 상태였다는 데 동의하느냐고 물었다.

"아뇨, 전혀 그렇지 않으셨어요."라고 스미스 선생님이 대답했다.

"카라 선생님께서 특별히 하신 말씀이 있었습니까?"

"두통이 심하다고 불평을 많이 하셨어요."

"그게 다입니까?"

"그때 선생님께서…."

"네? 뭐라고 하셨죠?"

"'그러지 말 걸'이라고 하셨어요."

"뭘 말입니까?"

"모르겠어요. 전 전혀 모르겠어요."

투여량을 묻자 스미스 선생님은 눈물을 흘리며 자신은 맹세코 리즈너 선생님이 지시한 양을 정확히 따른 후 카라 선생님의 침대 옆 협탁에 뒀다고 했다.

리즈너 선생님은 (눈물을 흘리지 않으며) 맹세코 의사가 처방한 정량을 주라고 스미스 선생님에게 지시를 내렸다고 했다.

의사는 두 사람 말이 맞는다면 맹세코 어떤 치명적 결과도 일어날 리 없다고 단언했다.

약병을 가져왔다. 스미스 선생님은 사고가 있었던 날 저녁에 약병을 다시 약상자에 넣어 뒀다. 약상자는 계속 잠겨 있었나? 그렇다, 보통은 그랬다. 그런데 원래는 리즈너 선생님이 열쇠를 갖고 있는 게 원칙이지만, 그날 저녁에는 리즈너 선생님이 스미스 선생님에게 열쇠를 줬다. 그리고 스미스 선생님은 굳이 열쇠를 돌려주려고 리즈너 선생님을 밤늦게 깨울 필요가 없다고 생각해 자물쇠에 열쇠를 꽂아 뒀다.

약병에 대한 증언은 서로 엇갈렸다. 약병은 가득 채우면

6회분을 넣을 수 있었다. 카라 선생님과 체격이 비슷한 사람은 2회 분량을 섭취하면 생명에 지장이 있을 **가능성**이 있었다. 병에는 1회분씩 분량을 표시하는 줄이 그어져 있었고, 병을 가져 왔을 땐 3회분이 남아 있었다. 리즈너 선생님은 자신이 스미스 선생님에게 병을 줬을 때는 맹세코 5회 분량이 남아 있었다고 했다. 스미스 선생님은 눈물을 흘리며 맹세코 4회분밖에 없었다고 했다. 이후 당황하며 혼란스러워하던 스미스 선생님은 어쩌면 5회분이 있었을지도 모른다고, 하지만 자신은 리즈너 선생님이 알려 준 정량에 맞춰 약을 따랐음을 전적으로 확신한다고 말했다.

리즈너 선생님은 자신이 스미스 선생님에게 병을 건네줄 때는 5회분이 남아 있었다는 사실을 증명할 준비가 되어 있었다. 자신은 전날까지 카라 선생님에게 1회 분량밖에 따라 주지 않았기 때문이다. 리즈너 선생님은 이런 내용을 항상 일기에 기록했다. 일기장에는 실제로 그렇게 적혀 있었다! 카라 선생님은 2주 전 1회분을 마셨고, 이후로는 일절 마시지 않았다. 따라서 리즈너 선생님이 스미스 선생님에게 약병을 줬을 때는 5회 분량이 남아 있어야 했다.

불안이 감돌던 그날이 마무리될 때쯤, 의사는 **우연한 클**

로랄 과다 복용으로 인한 사고사라고 쓴 진단서에 서명했고, 경찰서장과 검찰관은 이의 없이 의사의 진단을 받아들였다. 두 교장 선생님은 마을에서 매우 존경받는 인물이었고, 리즈너 선생님과 의사는 서로의 무죄를 기꺼이 밝혀 줄 만큼 아주 사이가 좋았다. 스미스 선생님을 제외하면, 그 일이 누군가에게 필요 이상으로 불쾌해지기를 원하는 사람은 단 한 명도 없었다. 하지만 아무것도 분명히 밝혀지지 않았다. 비난받아 마땅한 실수였지만, 어쨌든 실수가 일어났다. 조사는 거기서 멈췄고, 사후 검시는 없었다. 두 친구가 조만간 헤어지려 했다는 이야기만 아주 잠깐 넌지시 언급되었을 뿐이다. 다들 줄리 선생님을 최대한 배려하며 가엾게 여겼다고, 시뇨리나가 털어놓았다.

그런데 나는 사건을 곰곰이 생각할수록 경찰과 검찰관이 매우 비효율적으로 일을 처리했을 뿐만 아니라 불쌍한 스미스 선생님에게 아주 불공평했다는 결론에 이르게 되었다. 심지어 의사도 책임이 있어 보였다. 조사가 이뤄지진 않았지만, 나는 가능한 경우를 몇 가지 떠올렸다. 카라 선생님은 어쩌면 1회 분량만 섭취해도 목숨을 잃을 정도로 심장이 약했는지도 모른다. 의사는 그럴 가능성은 고려할 필요도 없다며 무시했는데, 만약 실제로 그런 일이 일어났다면 그가 환자를 제대로 돌보지 않았다는 증거가 되었을 것이다.

그날 밤 약상자가 열려 있었다는 것은 다들 기정사실로 받아들였다. 약상자는 복도 끝, 각종 천을 보관하는 방에 있었는데, 그 방에서 한두 개 방을 지나면 카라 선생님 방이었다. 카라 선생님이 그 천 보관방에 가서 수면제를 더 마시지 않았다는 건 어떻게 보장하는가?

그렇다면, 사실 **누구든** 찬장에서 병을 꺼내 컵에 수면제를 따를 수 있었다. 카라 선생님 방에 출입할 수 있는 사람이라면 누구나. 하지만 이는 허무맹랑한 생각이다!

"줄리 선생님은, 난 알아, 카라 선생님 스스로 그 일을 하셨을까 봐 두려워하셔. 하지만 난 전적으로 확신해." 시뇨리나가 단호히 말했다. "카라 선생님이 그러지 않았다는 걸 말야. 카라 선생님은 그런 일을 할 만한 사람이 아냐. 설사 그랬다 해도 그 일을 그런 식으로 하실 분도 아니고. 카라 선생님은 그 일을 최대한 활용하실 분이지. 작별 인사를 쪽지로 남기고, 극적으로 그 일을 하셨겠지. 그리고 아마 너무 늦기 전에 결국 의식을 되찾으셨을 테고."

"'그러지 말 걸'은 무슨 뜻이었을까요?"

"계속 생각해 봤는데, 짐작도 안 돼. 어쨌든," 시뇨리나가 계속했다. "내가 약을 따르지 않아서 천만다행이야. 리즈너 선생님이 내가 그 일을 하길 바랐는데 말이야. 어쩌면 내가 불쌍한 스미스 선생님이 되었을지도 몰라."

"오, 아녜요, 시뇨리나, 그렇게 되지 않았을 거예요. 시뇨리나는 절대 그런 실수를 저지르지 않았을 거예요."

시뇨리나는 우울한 표정으로 미소 지었다. "그래, 어쩌면."

내 의심은 단 하나도 확실히 해결되지 않았다. 나는 지금도 내가 품었던 의심들을 가끔 생각해 본다. 그리고 여전히 이해할 수 없다. 심리적 혹은 물리적 방해물 때문에 해답으로 가는 길이 막혀 있는 것 같다. 하지만 우리 모두 알다시피 답은 존재한다. 잃어버린 보석처럼 아주 가까이 있을지도 모른다. 만약 어떤 힘이 우리에게 답을 볼 수 있는 눈을 선사한다면, 바로 찾을 수 있을지도 모른다.

XII

그날 하루는 불쌍한 사체와 관련해 조사를 받고 마지막 업무를 정리하느라 다들 바쁘게 보냈던 것 같다. 나 역시 시뇨리나가 애써 준 덕분에 하루를 정신없이 보냈다. 학교는 예상대로 경악과 무질서 상태에 빠졌다. 수업과 산책이 취소되었고, 사람들은 삼삼오오 무리 지어 건물 구석구석 자리를 잡았다. 숨죽여 속삭이는 소리를 제외하면 아무 소리도 들리지 않았다. 아이들은 발끝을 세워 살금살금 복도를 걸어 다녔고, 누군가 마주치더라도 상대를 쳐다볼 엄두조차 내지 못했다. 죽음의 그림자가 우리 모두에게 드리워져 있었다.

"넌 저학년 애들이 다른 데 신경 쓸 수 있게 해 줘, 올리비아." 시뇨리나가 말했다. "공부방에 데려가서 차를 한 잔씩 주고 책을 읽어 주렴."

그것이 시뇨리나가 내게 베풀 수 있는 최고의 친절이었다. 나는 평소에도 아이들에게 자주 책을 읽어 줬고, 아이들도 나도 그 일을 좋아했다. 내가 기억하기로 우리가 읽고 있던 책은 『아이반호』[57]였다. 책을 소리 내어 읽는 동안, 나는 큰 부담 없이 잠시나마 주의를 다른 데로 돌릴 수 있었다. 마음 한구석은 여전히 위층에서 일어난 비극을 생각하느라 정신이 없었지만, 마냥 그 생각에 빠져 있을 수만은 없었다. 게다가 그날 저녁 아이들은 아주 사랑스러웠다.

"올리비아 언니를 위한 쿠션."

"올리비아 언니를 위한 의자."

"난 올리비아 언니 옆에 앉을래."

"나도."

"지금 이야기를 듣는 게 잘못된 행동은 아닌가요?" 누군가 물었다.

"아냐, 아주 잘하는 거야. 모두를 돕기 위해 네가 할 수 있는 최선이란다."

---

[57] 『아이반호』(*Ivanhoe*, 1819). 영국 작가 월터 스콧(Walter Scott, 1771~1832)의 역사 소설.

"언니를 돕는 일인가요?"

"오 그럼. 다른 누구보다도 날 도와주는 일이지."

"그럼 들을게요. 시작해요. 어서."

낭독을 마치자 아이들이 내 주위로 몰려와 고맙다며 입을 맞췄다. 내 목을 감싸 안았고, 내 뺨을 어루만졌다. 내 기억에 그들 중 한 명이 "예쁜 올리비아 언니, 가엾기도 하지."라고 말했는데, 그때 내가 할 수 있는 일이라곤 울음을 참는 것뿐이었다. 그날 저녁은 그렇게 지나갔다. 하지만 밤이 남아 있었다. 경야의 첫날 밤이.

시뇨리나가 눈에 괴로움을 한가득 담은 채 10시쯤 내 방으로 왔다.

"선생님이 곁에 있지 못하게 하셔." 시뇨리나가 말했다. "아무도 옆에 있지 못하게 하셔. 내가 곁에 있게 해 달라고, 옆방에라도 있게 해 달라고 애원했는데 화를 내셨어. '카라는 **내** 친구였다.' 선생님께선 험악할 정도로 거칠게 말씀하셨어, 올리비아. '카라는 내가 유일하게 사랑했던 사람인데, 그런 사람이 떠나고 나서 처음 맞는 밤조차 단둘이 보낼 수 없단 말이냐? 내일은 너나 리즈너 선생이 원하는 대로 해도 좋지만, 오늘 밤은 나 혼자 있을 거다.' 선생님이 그런 목소리로 말씀하시면, 난 감히 그 말씀을 거스르지 못해. 그런데 오, 선생님 안색이 너무 안 좋았어."

우리는 잠시 서로를 꼭 안고 있었다. 잠시 후 시뇨리나가 느리고 무거운 발걸음으로 방을 나갔다.

11시가 되자 더는 참을 수 없었다. 나는 실내용 가운을 걸치고 슬리퍼를 신은 뒤 조심스레 방을 나왔다. 사방이 고요하고 어두운 가운데 카라 선생님의 방문 아래서 빛이 한 줄기 새어 나오고 있었다. 카라 선생님 방과 줄리 선생님 방은 옷방을 사이에 두고 나뉘어 있었다. 오, 방해하고 싶은 마음은 조금도 없었지만, 나는 선생님 가까이에서 경야의 밤을 보내야만 했다. 나는 문 앞 바닥에 앉았다. 그렇게 앉은 채로 주인의 방 밖에서 잠드는 인도인 하인들을 본 적이 있다. 나도 그들처럼 무릎을 당겨 감싸 안고서 그 위에 머리를 대고 앉아 있었다. 오랜 시간 그렇게 앉아 있는 것도 얼마든지 가능했다. 이따금씩 깜빡 잠이 들었고, 종종 선생님 생각을 하기도 했다. 선생님은 어떤 고통을 겪고 있을까? 무엇을 후회하고 무엇을 기억할까? 혹시 자책도 할까? 선생님이 읽어 주신 시가 떠올랐다.

추억은 회한과 얼마나 가까이 있는가!

나는 선생님을 위해 뭘 할 수 있는가? 선생님을 어떻게 돕고, 어떻게 섬길 수 있을까? 내가 할 수 있는 일은 없다. 우리는 각자 홀로 견뎌야 한다. 홀로! 선생님은 저 안에서 완전히 혼자다! 시체 옆에, 선생님이 유일하게 사랑했던 사람 옆에, 혼자 있다. 과거는 죽어서 뒤에 남았다. 망명을 떠나게 될 쓸쓸한 미래가 선생님 앞에 놓여 있다…. 그런데 어쩌면 이제 망명을 떠날 필요가 없을지도 모른다. 어쩌면 선생님은 여기 계속 머물면서 다시 원래대로 행복하게 지낼 수 있을지도 모른다. 나는 선생님과 함께 있을 것이고, 시뇨리나도 마찬가지다. 삶이 다시 한번 미소 지을 것이다. 그렇게 생각이 정처 없이 떠돌아다니는 동안, 나는 머릿속에 화려하고 허술한 구조물을 쌓아 올렸다. 그러다 문득 오싹함에 몸을 떨며 정신을 차렸다. 저 문 뒤에 시체가 있는데, 나는 벌써 행복을 떠올리고 있었던 것이다.

카라 선생님, 나는 카라 선생님을 생각해야 한다. 카라 선생님의 삶은 어땠을까? 불행은 카라 선생님에게도 찾아왔다. 선생님 역시 영혼 깊숙한 곳에 상처를 입었을지 모른다.

선생님 역시 가장 사랑했던 사람 때문에 상처 입었을지도 모른다. 그러니까 사랑이 그곳으로 이끈 것이다. 상처 주고 상처 입는 곳으로. 나 또한 그 혹독한 길 위에 서 있다. 아니다. 나는 그렇게 생각하지 않겠다. 우리가 가진 능력을 제대로만 쓴다면, 고통 속에서 미덕이 피어날 것이다. 불쌍한 카라 선생님은 나약하고 허영심 많고 이기적인 사람이었다. 내 판단은 그렇다. 그래서 고통을 받자 상태가 점점 더 나빠져 결국 항복해 버렸고, 질투와 허영이 자신을 삼켜 버리도록 내버려 뒀다. 카라 선생님은 피할 수 없었을까? 잘 모르겠다. 하지만 줄리 선생님은 피했고, 나 역시 그럴 것이다. 나는 내 사랑, 내 고통을 위해 더 좋은 사람이 될 것이다. 부재가 주는 고통을 겪는다 해도 더 나쁜 사람이 아니라 더 좋은 사람이 되리라, 나는 이를 악물고 다짐했다. **더 좋고 더 나쁘다**는 어떤 의미일까? 오, 그건 지금 내겐 너무 어려운 질문이다. 지금은 내가 그 의미를 마음으로 이해했다는 것, 그리고 온 마음을 다해 좋은 쪽을 선택했다는 것, 그것만으로도 충분하다.

좀 전까지 이를 악물고 있었는데, 어느새 이가 덜덜 떨리며 맞부딪혔다. 추웠다.

나는 머릿속을 맴도는 시의 마지막 부분을 기억해 내려 애썼다.

추억은 회한과 얼마나 가까이 있는가!
눈물은 모두 다시 돌아오는구나!

다음은 뭐였지?

가까이 오니 네가 너무 차다, 오 죽음이여,
생의 문을 닫는 검은 빗장이여!

춥다! 춥다! 지독히도 춥다. 몸이 떨렸다. 침대와 담요가 생각났다. 내가 여기서 뭘 하고 있는 거지? 나는 왜 침대와 담요가 있는 곳으로 돌아가지 않지? 이곳에 내가 필요한가? 전혀. 아무 쓸모도 없다. 아니, 그렇지 않다. 어떤 격렬한 충동이 나를 떠나지 못하게 붙잡았다. 나는 줄리 선생님과 함께 밤을 지새워야 한다. 새벽이 밝아 올 때까지, 아무리 추워도, 아무리 죽을 것 같아도, 나는 여기 있겠다. 선생님을 버려선 안 된다. 나는 내가 여기 있는 것이 아주 중요한 일이라도 된 듯한 이상한 감정에 사로잡혔다. 여기 있어야 한다. 여기 있어야 한다. 발에서 시작된 추위가 천천히 다리를 타고 올라왔다. 팔과 어깨가 얼음처럼 차가웠다. 손으로 비벼도 소용없었다. 더는 아무 생각도 할 수 없었다. 추위, 그리고 여기 머물러야 한다는 필사적이고 맹목적인 결심, 오로지 이 두 감각만이 나를 사로잡았다. 일어서지도 않을 것이다. 절대. 몸이 뻣뻣하게 굳어 어떤 감각도 느낄 수 없지만, 만약 일어난다면, 몸을 움직인다면, 나는 유혹에 넘어갈 것이다. 초소를 이탈하여 결국 실패하고 말 것이다. 나는 실패하지 않을 것이다. 시간은 천천히, 아주 느릿느릿 흘러갔다. 하지만 시계를 들여다보기란 불가능했다. 불빛이 하나도 없었다.

갑자기 소리가 들렸다. 아주 가까이서 나는 소리였다. 바로 귀 옆에서 들렸다. 문손잡이가 돌아가는 소리였다. 무슨 일이 일어나는지 내가 미처 깨닫기도 전에 문이 열렸고, 줄리 선생님이 초를 들고 서 있었다. 선생님은 나에게 발이 걸려 넘어질 뻔했다.

"뭐야?" 선생님이 소리쳤다. "누구냐?"

선생님은 허리를 숙여 나를 살폈다. 촛불이 선생님의 얼굴을 기묘하게 비췄다.

"올리비아!" 선생님이 말했다. "거기서 뭐 하는 거냐? 일어나! 말 좀 해 보거라!"

일어나서 대답하려 했지만, 그럴 수 없었다. 몸에 아무런 감각이 없어 움직일 수가 없었다. 이가 부딪히는 통에 아무 말도 할 수 없었다.

내가 혼자 일어서지 못하자 선생님이 나를 부축해 일으켜 세웠다. 그러곤 "세상에! 몸이 너무 차구나! 들어가서 몸을 녹여야겠다. 들어가자."라며 소리를 높였다.

선생님이 나를 데리고 방 안으로 들어갔다. 침대 위에 그 형체가 누워 있었다. 그것을 보자 몸이 더 떨렸다.

"겁내지 마라, 얘야. 보렴! 무서운 건 하나도 안 보이지 않니." 선생님은 나를 침대 쪽으로 데려갔고, 내가 그것을 보는 동안 내 손을 잡아 주었다. 그랬다, 그것은 무섭지 않았다. 다정한 얼굴은 침착하고 온화했다. 하지만 그 색깔이란! 나는 죽은 사람의 핏기 없는 상아색 창백함에 대해 자주 들었다. 하지만 이 얼굴은 노란빛을 띠는 것 같았다. 갑자기 소름이 끼치며 속이 메스꺼워 나는 "토할 것 같아요."라며 절망에 빠져 소리쳤다.

순식간에 줄리 선생님이 손을 뻗어 나를 다시 감싸 안았다. 선생님은 나를 부축해 옷방을 지나 옆방으로 갔고, 벽난로 옆 안락의자에 나를 앉혔다. 대야 하나가 번개처럼 재빨리 내 앞에 놓이자 나는 정말로 아주 거칠게 토기가 일었다. 선생님은 아주 빠르게 움직였고, 뭘 해야 하는지 정확히 알고 있었다. 퀼트로 짠 솜이불이 금세 내 무릎을 덮었고, 숄이 어깨를 감쌌다. 가능한 한 빨리 대야가 사라졌고, 오드콜로뉴가 내 축축하고 차가운 이마를 적셨다. 난로 위 주전자에서 물이 끓었고, 따뜻한 물병이 내 발아래 놓였다. 선생님은 독한 브랜디를 한 숟가락 넣은 따뜻한 그로그주[58]로 내 입술을 축인 후, 내 옆에 무릎 꿇고 앉아 얼어붙은 내 손을, 심지어 발까지 비벼 녹여 주었다. 그러면서 혼잣말을 중얼거렸다. "불쌍한 것! 불쌍한 것!" 이 모든 일이 내게는 아주 오랜 시간 이어지는 것 같았고, 그 긴 시간 내내 이는 계속해서 부딪쳤다. 하지만 마침내 기분 좋은 온기가 조금씩 몸에 퍼졌고, 졸음이 몰려와 눈꺼풀에 내려앉았다. 아주 편안한 곳에 있다는 것 말고는 내가 어디 있는지 알지 못한 채, 나는 선생님의 어깨에 기대 잠이 들었다.

---

58 그로그주(grog). 럼주에 물을 섞은 술.

❋ ❋ ❋

일어나니 새벽이었다. 나는 베개에서 머리를 들어 주위를 둘러보았다. 줄리 선생님 방이었다. 나는 한 번도 선생님 방에 들어와 본 적이 없었다. 선생님은 여기서 잠을 잔다. 선생님의 침대가 있다. 침대에서 담요와 솜이불을 가져와 나를 덮어 주고 베개를 가져와 내 머리를 받쳐 주느라, 잠을 잔 흔적이 없었음에도 침대는 흐트러져 있었다. 기다란 모직 가운을 걸친 선생님이 나를 등진 채 창문 앞에 서 있었다. 전날 밤의 기억이 서서히 돌아왔고, 옆방에 누워 있는 카라 선생님의 형체도 떠올랐다. 뒤척이는 소리가 들리자 줄리 선생님이 몸을 돌렸다. 선생님이 미소 지으며 말했다.

"좀 괜찮니, 올리비아? 그래, 아침이 되니 혈색이 돌아온 것 같구나. 이제 네 방으로 돌아가야지."

몸을 추슬러 일어나려던 나는 뭔가 할 말이 있는 것 같은 선생님을 보았다. 뭔가 엄청나게 고심하고 있는 것 같았다. 입술이 너무 건조해 말을 할 수 없기라도 한 듯, 선생님은 몇 번이나 혀로 입술을 축였다. 그러곤 묘하고 단조로운 목소리로 말을 꺼냈다.

"어쩌면 네가 이 이야기를 듣고 싶어 할지도 모르겠구나. 네가 어젯밤에 내 목숨을 구한 것 같다. 복도에서 너한테 발이 걸렸을 때, 난 약상자가 있는 곳으로 가는 길이었다. 약병엔 3회 분량이 남아 있거든. 바이에토 선생은 찬장이 잠긴 걸 꼼꼼히 확인하고 나서 열쇠를 가져갔지. 아마도 열쇠를 베개 밑에 두고 잤을 게다. 나한테 복사본이 있다는 사실은 모른 채 말이다."

나는 담요를 집어 던지고는 선생님 앞으로 달려가 무릎을 꿇었다.

"지금은요?" 내가 물었다.

"지금?" 선생님이 대답했다. "이젠 겁낼 것 없어. 어젯밤에 알았다. 곁에 있는 많은 걸 죽이지 않고는 자기 자신을 죽일 수 없다는 사실을. 난 이미 상처를 많이 주면서 살았어."

선생님이 내 얼굴 쪽으로 고개를 숙였다. 하지만 내게 얼굴이 닿진 않았다.

"믿어도 된다, 올리비아, 믿으렴." 선생님은 진심을 다해 엄숙하게 말했다. "너한테 상처 주고 싶지 않다."

나는 선생님 앞에 무릎 꿇고 앉아 경건한 마음으로 선생님의 손을 잡았다. 그리고 그 손에 입을 맞췄다. 내 마음속에는 이제 아주 순수한 연민 말고는 아무것도 남아 있지 않았다.

방을 나서려는데 선생님이 나를 불러 세웠다.

"오늘은 하루 종일 침대에 누워 있어야 한다. 기관지염에 걸리지 않았는지 확인해야 해. 내 솔을 가져가거라."

나는 선생님 말대로 방으로 가서 침대에 누웠다. 팔다리가 온통 뻣뻣하고 아팠다. 하지만 상황에 전혀 맞지 않게도, 나는 참을 수 없이 행복했다.

XIII

온종일 침대에 누워 있긴 했지만, 나는 그날 폐렴이나 기관지염, 하다못해 코감기조차 걸리지 않았다. 그렇게 멀쩡할 수 있었던 이유는 아마도 내가 너무 행복했기 때문이리라. 시뇨리나는 바쁜 가운데도 나를 자주 찾아와 호기심 가득한 시선으로, 어쩌면 부러움의 시선으로 나를 바라봤다.

시뇨리나는 학교가 즉시 방학에 들어가기로 했다고 말해 줬다(학기가 끝나기까지 2주밖에 남지 않은 상황이었다). 무척이나 다양한 나라에서 온 학생들은 대부분 돌아가려면 긴 여행을 떠나야 했으므로, 목적지까지 동행해 마중 나온 사람과 만나는 것까지 확인하려면 여러 가지 어렵고 복잡한 절차가 해결되어야만 했다. 따라서 장례식 전에 학생들을 모두 집으로 돌려보내기란 불가능했다. 장례식은 다음

날인 목요일로 예정되어 있었다. 리즈너 선생님은 장례식 전반을 살피면서 부고장 관련 업무를 도왔는데, 친구들에게 보낼 친밀한 내용의 편지를 빼고도 수백 장은 보내야 했다. 줄리 선생님이 직접 작성한 건 서너 장에 불과했다.

"그럼 영국 학생들이 돌아갈 날짜는 정해졌나요?"

"응." 시뇨리나가 상냥하게 대답했다. "토요일이야. 토요일 아침. 스미스 선생님이 데려다주실 거야."

"오, 시뇨리나." 내가 말했다. "줄리 선생님은 여전히 캐나다에 가셔야 하나요? 뭘 어떻게 하시려는 거죠? 이제 여기 계셔도 되지 않나요?"

"모르겠어. 아직 아무 말씀도 없으셔. 유언장을 기다려 봐야 해."

"유언장이요?" 나는 숨이 턱 막혔다.

"응." 시뇨리나가 말했다. "재산 분할과 관련해서는 며칠 전에 두 분이 증서에 서명하셨어. 학교랑 학교 비품은 모두 카라 선생님께 양도되었지. 줄리 선생님께 연금을 지급한다는 조건으로. 연금액이 너무 적긴 하지만, 어쨌든 그렇게 됐어. 그래서 이젠 카라 선생님이 유언장을 작성하셨는지, 했다면 재산을 누구한테 남겼는지 봐야 해. 난 리즈너 선생님이 그 일에 상당히 관여했으리라 생각해."

내가 쌓았던 화려하고 허술한 구조물이 산산이 부서졌다. 지금부터 일어날 일을 나는 잘 알고 있었다. 그 일은 불길한 예감 따위가 아니라 분명 일어나고야 말, 단언할 수 있는 사실이었다.

학생들과 돌봄 교사들은 장례식이 열리는 목요일이 되자 소풍을 겸해서 멀리 산책을 나갔다. 장례식에 방해가 되지 않아야 했기 때문이다. 소풍은 침울함으로 가득했지만, 한편으로는 과거의 괴로움과 미래의 괴로움 사이 잠시 쉬어 가는 휴식 시간이기도 했다. 태양이 빛나고 미풍이 부드럽게 불어왔다. 숲은 초록색 아지랑이로 덮이기 시작했고, 가장 먼저 피는 꽃들은 아주 오래전 내가 첫 산책에 나섰던 그날처럼 작년의 쇠락한 잎을 뚫고서 망울을 들이밀고 있었다. 나는 이디스, 거트루드와 함께 걸으며 낮고 가라앉은 목소리로 이야기를 나눴다. 대화를 나누는 동안에도 반쯤은 정신을 딴 데 팔고 있었지만, 그래도 나는 친구들과 함께 있어 기뻤다.

돌아가면 어떤 일이 기다리고 있을지 알고 있었음에도, 막상 그 일이 닥치자 나는 전혀 대비하지 않은 사람이 된 것만 같았다. 시뇨리나는 나와 단둘이 말할 기회가 생기자 유언장을 발견해 읽었다는 소식을 전해 주었다. 카라 선생님은 전 재산을 리즈너 선생님에게 남겼고, 리즈너 선생님은 줄리 선생님에게 연금만 지급하면 되었다.

"두 사람이 마차를 타고 같이 나갔던 날, 유언장에 서명하려고 공증인한테 간 거였어. 사고가 일어나기 겨우 이틀 전이었지. 그래서 이제," 시뇨리나가 덧붙였다. "그 여자는 원하는 걸 얻었어. 그 여자가 이겼어. 학교의 유일한 주인이 돼서 자기가 끔찍이도 싫어하던 사람들한테서 벗어난 거야. 심지어," 시뇨리나가 냉소적으로 덧붙였다. "자기가 사랑하던 사람한테서도."

기이한 생각들이 머릿속에서 퍼즐 조각처럼 떠다녔다. 시간 여유가 있었다면 퍼즐을 맞췄을지도 모르겠지만, 일단은 그 조각들을 다른 데로 치워 놓았다.

"캐나다로 떠나는 건요? 그 계획은 아직 유효한가요?"

"그런 것 같아." 시뇨리나가 말했다. "그런데 줄리 선생님이 아직까진 좀 무기력하신 듯해. 나한테 아무 말씀도 안 하셔서."

나는 어쩐지 시뇨리나도 승자라는 생각이 들었다. 시뇨

리나 역시 그 전장을 홀로 차지했다. '캐나다에 가면,' 시뇨리나가 콧노래를 흥얼거리며 말했다. 사실 콧노래는 내 추측에 불과했지만, 나는 왠지 시뇨리나가 그럴 것만 같았다. '캐나다에 가면, 난 선생님이랑 단둘이 있을 거야. 선생님의 유일한 친구, 유일한 조력자, 유일한 하인이 될 테야.'

이튿날인 금요일이 되자 영국인 학생들은 짐을 싸라는 말을 들었다. 우리는 다음 날 아침 일찍 기차를 타고 떠날 예정이었다. 오후에는 줄리 선생님이 우리에게 작별 인사를 하기로 했다. 선생님의 수업을 들었던 아이들은 작은 공부방에 모여 있다가 한 명씩 서재로 불려 갔다. 줄리 선생님이 서재에서 우리를 기다리고 있었다. 두세 명은 눈물을 흘리면서 서재를 나왔다. 다들 책을 한 권씩 들고 있었는데, 선생님의 이별 선물이었다. "엄청 친절하셨어." 아이들이 훌쩍거리며 말했다. "커다란 안락의자에 앉아 계시는데, 너무 슬프고 너무 쓸쓸해 보이시더라."

나는 맨 마지막에 불려 가리라 예상했다. 어찌 됐든 그것이 마지막 작별 인사가 되지 않기를 바랐다. 선생님은 오늘 밤, 오늘 밤에 한 번 더 내 방으로 오실 테니.

네 명이 선생님과 면담을 마쳤다. 두 명 더 가고 나면, 그

다음은 나다. 나는 몇 명이 남았는지 세어 보고 몇 분씩 걸리는지도 계산했다. 벽시계를 봤다. 초침이 움직이는 소리가 들렸다. 시간은 매정하게 굴러가는 축구공처럼 느릿느릿 흘러갔다.

그런데 네 번째 아이가 와서는 "올리비아, 다음은 너야."라고 말했다.

병원 대기실에서 기다리는 게 어떤 일인지는 이미 알고 있었다. 사망 선고를 듣게 되리라 예상하면서 의사의 상담실로 들어가는 건 어떤 기분일지 상상해 본 적이 있다. 그중 일부 감정을 지금 내가 느끼는 것 같았다. 몸과 영혼이 빙글빙글 도는 듯한 현기증, 찌릿한 통증, 겨우겨우 끌어모은 다짐과 인내심 같은 감정들이었다. 나는 경야의 밤 이후로 선생님을 보지 못했다. 선생님은 방에만 틀어박혀 지냈다.

이번에는 문 앞에 멈춰 설 생각 따위는 감히 하지 못했다. 팔다리가 떨리다 못해 쓰러질 것만 같았다. 안으로 들어가기만 하면 다시 힘이 나리라, 나는 그렇게 믿었다. 방 안으로 들어갔다.

예상과 달리 선생님은 방 한가운데 놓인 커다란 탁자 앞 안락의자에 앉아 있지 않았다. 들어가기 전에 나는 다시 한

번 선생님에게 달려가 무릎 위에 머리를 기대고 손에 입을 맞추는 내 모습을 상상했었다.

아니었다. 선생님은 활 모양으로 불룩하게 내민 내닫이창 바로 앞, 시뇨리나가 앉아서 회계 작업을 하는 자그마한 책상 뒤에 서 있었다. 손에는 기다란 상아 편지칼을 들고 있었다. **벽을 두른다**는 말이 머릿속을 스치고 지나갔다. 선생님은 벽을 둘러 내게 맞설 채비를 갖추고 있었다. 나는 쇠처럼 단단히 굳어 가는 것만 같았다.

"소란 피우지 않았으면 좋겠다, 너만 괜찮다면, 올리비아." 선생님이 차갑게 말했다.

"그럴 생각 없습니다." 나도 선생님만큼이나 차갑게 대답했다.

침묵이 오랫동안 이어졌다. 선생님은 나를 등진 채 창밖을 내다보고 있었다. 그러다 좀 전과는 다른 목소리로, 마치 혼잣말이라도 하듯 말을 꺼냈다.

"내 삶은 내내 투쟁이었다. 하지만 난 항상 이겼고, 난 그렇게 승리한 내가 자랑스러웠지." 곧이어 선생님의 목소리가 달라졌다. 갈라지고 낮아지고 부드러워지더니 속삭임으로 바뀌었다. "지금은 지는 편이 우리 모두에게 더 낫지 않았을까 하는 생각이 든다. 그편이 더 달콤했을지도." 다시 한번 침묵이 길게 이어졌다. 선생님이 돌아서서 나를 바라보았다. 그리고 미소를 지으며 말했다. "올리비아, 넌 결코 이기지 못할 거야. 하지만 만약 진다면…." 그때 선생님이 나를 바라보던 표정이란! "만약 패배한다면, 그땐…." 선생님의 시선에 나는 심장이 멎었고, 얼굴과 이마에 피가 몰려 불길에 휩싸인 것만 같았다. 그러다 선생님이 갑자기 내게서 시선을 거두며 마치 성가신 환영을 밀어내기라도 하듯 손바닥으로 두 눈을 쓸어내렸다. 내가 선생님의 눈을 다시 봤을 때, 이제 그곳엔 빛도 생명도 없었다.

"내가 무슨 말을 하는지 모르겠구나." 선생님이 멍하니 말을 이어갔다. "머리가 아프구나. 잘 가거라."

나는 아무 말 없이 그 자리에 붙박인 듯 서 있었다. 이해할 수 없었다. 당황스러웠다.

"잘 가거라." 선생님이 신경질적으로 같은 말을 반복했다. 발로 바닥을 굴렀던 것 같기도 하다. "못 알아듣겠니? 잘 가거라."

나가야 한다. 이게 마지막이다. 하지만 내가 문을 열기 전에 선생님이 나를 다시 불렀다. "올리비아!"

아! 화가 누그러지셨다! 아! 나는 이제 선생님 품에 안길 것이다. 참을성 없이 방향을 바꾸는 바람처럼, 나 역시 몸을 돌려 선생님 품으로 달려가려 했다. 하지만 선생님은 여전히 책상 뒤에 있었다. 선생님의 태도와 목소리, 표정은 엄격하고 냉정하고 오만했다. 이로써 우리 사이에는 전보다 더 두꺼운 장벽이 들어섰다.

"잊어버렸구나." 선생님이 말했다. "너한테 작별 선물을 줘야 하는데. 책을 주려고 했는데, 근데 그게 어디 있는지 모르겠구나…." 선생님은 앞에 놓인 책 몇 권을 멍하니 만지작거렸다.

"대신 이걸 가져가거라." 선생님은 기다란 상아 편지칼을 탁자 너머로 건네주며 말했다. "이제 다음 학생을 들여보내거라."

그게 내가 들은 선생님의 마지막 말이었다. "이제 다음 학생을 들여보내거라."

나는 편지칼을 받아들었다. 우리의 거리를 전혀 좁혀주지 못하는 선물, 손가락을 스칠 걱정 없이 건네줄 수 있는 선물이라고 나는 쓸쓸하게 생각했다. 나는 분노에 휩싸인 채 방을 나왔다. 증오심에 가까운 분노였다. 이렇게, 결국 이렇게 끝났다. 아니, 아니다. 이럴 순 없다. 이런 건 견딜 수 없다. 그러니 있을 수 없는 일이다. 하지만 한편으로 나는 이 일이 충분히 일어날 수 있을 뿐만 아니라 내가 견뎌야 하는 일임을 내내 알고 있었다. 움직이고 싶었다. 야생 망아지가 짜증 나는 안장을 견디지 못하고 떨쳐 내듯, 내 머릿속에서 참담한 생각을 털어 내고 싶었다. 나는 서둘러 위층으로 올라갔다. 창을 활짝 열어젖히고 내가 할 수 있는 한 가장 힘껏, 정원을 향해 편지칼을 내던졌다. 그러곤 망토와 베레모를 집어 들고서 아래층으로 뛰어 내려갔다(이렇게 움직이는 동안은 아무 생각도 들지 않았다). 학교를 나와 정원을 지나고 길을 건너, 숲을 향해 마구 달렸다. 터무니없는 생각들이 나를 쫓아왔다. 끈질기게 쫓아오는 전지전능한 적을 피해 도망치듯, 나는 그 생각들을 피해 도망쳤다. 터무니없는 꿈들이 나를 불렀다. 나는 기적을 행하는 구원자를 향해 달려가듯, 그 꿈을 향해 달려갔다. 선생님을 만나야 한다. 선생님이 저 나무 뒤, 아니, 그 옆에 있는 나무 뒤에서 나타날 것이다. 그러면 나는 다시 한번, 한 번 더 선생님 품에 안길 것이다. 우리는 화해할 것이다. 나는 마침내 이해할 것이다. 나는 얼마든지 선생님에게 마지막 작별 인사를 할 수 있다.

헤어지기 전에 교감할 시간이 아주 잠깐이라도 주어진다면 얼마든지. 그렇게 될 것이다. 되어야만 한다. 달리기를 멈추면 무자비한 적군이 나를 덮쳐 짓밟고 고문할 것임을 알고 있었기에, 나는 숨이 턱에 닿아 기운이 다 빠질 때까지 계속해서 달렸다. 결국 더는 달릴 수 없었다. 나는 땅 위로 쓰러져 이끼 무더기에 얼굴을 파묻었다. 아니, 아니, 이러면 안 된다, 일어나서 걸어야 한다. 그러자 이번에는 학교를 나올 때와 마찬가지로 서둘러 학교로 돌아가야 한다는 생각에 초조해졌다. 어쩌면 내가 없는 동안 무슨 일이 일어났을지도 모른다. 어쩌면, 어쩌면….

하지만 돌아가니 모든 게 그대로였다. 내가 없어진 걸 아는 사람도 없었다. 나는 문이 열린 텅 빈 서재를 지나 내 작은 방으로 올라갔다. 때가 되었다. 더는 피할 수 없다. 당당히 마주해야 한다.

나는 침대에 앉아 마음을 진정시키려고 애썼다. 하지만 어떻게 해도 희망이 끼어들어 내 생각, 내 결심을 무너뜨렸다. 희망을 억누르기란 얼마나 어려운가! 우리는 희망을 밟아 뭉갰다고, 짓밟아 죽여버렸다고 반복해서 믿는다. 그런데 희망은 거듭거듭 해충처럼 다시 꿈틀대기 시작하고, 어렴풋한 생의 몸부림 속으로 슬금슬금 돌아온다. 희망은 다시 한번 꾸물꾸물 우리의 심장 쪽으로 기어와 독을 퍼뜨리고 생의 단단한 토대를 갉아 먹는다. 그리고 그 자리에 속이 텅 빈 유령 같은 환영을 남겨 둔다.

'오늘 밤에 선생님이 날 보러 오실 거야.' 나는 생각했다. '아직 희망을 버리면 안 돼. 오늘 밤! 오늘 밤! 하지만 그때까지 어떻게 견디지? 그리고 만약 선생님이 날 보러 오지 않는다면, 그다음은? 그다음은 어쩌지?'

나는 여행용 가방에 이것저것 던져 넣기 시작했고, 전부 다 꺼냈다가 도로 집어넣었다. 그때 시뇨리나가 방 안으로 들어왔다.

"차 한 잔 가져왔어." 시뇨리나가 말했다.

"고맙지만, 마시고 싶지 않아요." 나는 여전히 가방에 머리를 박은 채 대답했다.

"선생님은 파리에 가셨어…."

희망! 희망!

"… 오늘 밤엔 안 돌아오셔. R 씨 부부랑 주말을 보내실 거야. 이제 차를 마시렴."

그렇게 말하고 시뇨리나는 방을 나갔다.

하! 차라리 잘됐다. 그 유해한 생명체는 이제 죽었다. 더는 나를 해치지 못한다. 그것이 음흉하게 파놓은 굴에서 드디어 벗어났다. 이제 진정하고 마음을 다잡으면 견딜 수 있을 것이다.

창가로 가서 밖을 내다봤다. 다시는 보지 못할 것이다. 저 하늘, 저 나무, 저 길. 늦은 밤 선생님의 마차 소리를 들려주던 길. 안녕! 안녕! 영원히 안녕! 영원히!

나는 침대 옆에 무릎 꿇고 앉아 눈물을 터뜨렸다.

XIV

집으로 돌아오는 여행길에서, 이후 몇 주, 몇 달, 어쩌면 몇 년에 걸쳐, 나는 방금 이야기한 일화들을 곰곰이 생각했다. 어떨 때는 황홀감에 빠져, 또 어떨 때는 분노에 사로잡혀 그 일들을 다시 되새겼다. 하지만 다른 무엇보다도 줄리 선생님이 내게 보인 태도가 어떤 의미였는지를 자주 생각했다. 우리가 마지막으로 만났을 때 선생님이 했던 의미를 알 수 없는 말, 내가 선생님 앞에 잠자코 서서 들었던 그 말은 지금 생각해 보면 내 이야기 전체를 흥미로운 방식으로 설명해 주는 것 같기도 하지만, 나는 그 말은 거의 떠올리지 않았다. 그 말을 이해할 수도 없었거니와, 내가 골몰한 건 그 말을 제외한 다른 모든 것들이었다.

선생님은 나를 좋아했던 것 같다. 가끔은 선생님이 나

를 사랑하지 않았을까 감히 생각한 적도 있다. 그런데 선생님은 마지막 순간에 내게 왜 그랬을까? 내가 선생님의 마음을 상하게 했을까? 선생님이 변한 걸까? 그편이 더 말이 된다. 선생님은 자신이 유일하게 사랑한 사람이 침대에 누워 있는 죽은 여자라는 사실을 기억해 냈을 것이다. 감히 사생활을 침범해 자신이 거부하는 사랑을 억지로 쏟아붓는 내가 미웠을 것이다. 그렇지만, 나는 생각했다, 왜, 도대체 왜? 나는 겸손하게 행동하지 않았던가? 내가 친절 이상의 뭔가를 청하거나 원한 적이 있었던가? 선생님이 내게 더 많은 것을 주리라 꿈꾼 적이 있었던가? 가끔은 불안한 내 양심이 '그랬어'라고 중얼거렸다. 어쩌면 선생님은 내 감각이 비밀스럽게 펄떡인다는 사실을 알고 있었거나 추측했을지도 모른다. 선생님은 그게 구역질 날 만큼 싫었을까? 이런 생각은 무서우니 잠시 미뤄 두고 처음부터 다시 생각해 보자. 선생님은 소란이 이는 것이 두려웠을 수도 있다. 내가 마구 흥분하며 눈물을 터뜨렸다면, 선생님도 참지 못하고 같이 눈물을 흘렸을 테니. 하지만 내가 그렇게 잘 흥분하는 사람이었나? 그런 생각은 부당하다. 나는 보통 소리 없이 울었다. 게다가 이유가 뭐든 선생님은 내게 그렇게 잔인하게 대할 권리가 없다. 단지 내 눈물이 주는 불편함을 피하고 싶다는 이유 때문에 나를 그렇게 대할 권리가 선생님한테 없다는 생각에 나는 화가 났다. 그 정도는 선생님이 견뎌야 했다. 내게 적어도 그 정도는 해 줘야 하는 것 아닌가? 어쩌면 결국, 선생님은 나를 위한다는 명목으로 내게 그 잔인한 마지막 기억을 남겨 줬을지도 모른다. 어쩌면 그런 식으로 나를 치료해야 내가 덜 고통받으리라 생각했는지도 모른다. 오! 얼마나 잘못된 생각인가! 끔찍하리만치 잘못된 생각이다! 선생님은 자신이 내게 얼마나 깊은 상처를 줬는지, 얼마나 깊이 베어 버렸기에 생살을 찢는 듯한 아픔을 내 삶에 가져다줬는지, 그 상처가 어떻게 나를 영원한 불구자로 만들었는지 깨닫지도 상상하지도 못했을 것이다. 아주 조금만 노력했더라면, 아주 조금만 상상력을 발휘했더라면, 선생님은 나를 살릴 수 있었을 것이다. 몇 달, 몇 년간 이어진 그 끔찍한 나날에서 내가 벗어날 수 있도록 도와줄 수 있었을 것이다. 하지만 아무리 사소한 노력이라 한들, 선생님이 뭐 하러 날 위해 굳이 그런 노력을 기울이겠는가? 선생님은 신경 쓰지 않았다. 나 따위에 신경 쓰지 않았다. 선생님은 다른 것을 생각했다. 과거를, 미래를 생각했다. 나는 선생님에게 아무것도 아니었다. 아무것도. 그렇게 내 심장은 사랑과 분노에 사로잡혔고, 내 눈에는 뜨거운 눈물이 천천히 차올랐다.

어느 날 문득 내게 말을 거는 듯한 선생님의 목소리가 들렸다. 잊고 있던 문장이 다시 떠올랐다. 진중하고 엄숙하게 그 목소리가 말했다.

"믿어도 된다, 올리비아, 믿으렴, 너한테 상처 주고 싶지 않다."

그때 갑자기 마법처럼 고요가 나를 찾아왔다. 관대함이 신비롭게 나를 스치고 지나갔다. 숨통을 조일 듯 눈앞을 가리고 있던 구름들이 내 심장에서, 눈에서 멀어졌다. 그제야 나는 숨을 쉬었고, 다시 한번 앞을 볼 수 있었다. 나는 살아났다.

그날 밤 선생님에게 편지를 썼다. 선생님을 미워했다고, 그게 나의 가장 큰 고통이었다고, 하지만 이제 선생님을, 삶을 받아들였다고 적었다. 나는 다시 한번 마음을 다해 선생님을 사랑했다. 나는 행복해질 것이다. 일을 하고, 살아갈 것이다. 다시 노력할 것이다.

나는 시뇨리나에게도 소식을 알려 달라는 편지를 써서

함께 보냈다.

시뇨리나는 한두 번 편지를 보내왔다. 두 사람은 캐나다의 큰 도시로 갔고, 거기서 조그만 집에 터를 잡았다고 했다. 선생님은 캐나다에 학교를 세우지 않겠다고 단호히 말했다. 둘은 충분히 먹고살 만했고, 적당히 몰두할 일도 있었다. 시뇨리나는 이탈리아어를 가르쳤다. 줄리 선생님은 번역을 하며 바쁘게 지냈다. 짧고 무미건조한 편지였다. 시뇨리나는 글을 잘 쓰는 사람은 아니었다. 그런데 한번은 상아 편지칼을 정원에서 찾았다고, 선생님이 늘 그 편지칼을 사용한다고 편지에 적었다.

내가 받고 싶었던 편지는 줄리 선생님의 답장이었다고 굳이 말할 필요가 있을까? 나는 선생님의 편지를 상상했다. 머릿속으로 그 편지를 써 보기도 했다. 상냥하고 유익한 편지였다. 그러나 편지는 오지 않았다. 편지는 시뇨리나만 썼다. 시뇨리나의 편지를 여기 옮겨 둔다.

사랑하는 올리비아,

소식을 알고 싶다고 했지. 특별히 전할 만한 소식은 없어. 지난번

편지 이후로 그다지 변한 게 없거든. 줄리 선생님은 잘 지내시지만, 여전히 갑자기 흐느껴 우시기도 해. 며칠 전에도 그러셨는데, 네 편지를 받아보고 그러신 것 같아. 쓰레기통에 종잇조각이 찢어져 있었어. 어제 선생님께서 "올리비아한테 다시는 편지를 쓰지 말라고 전해다오."라고 말씀하셨어. 그게 다야.

내 소식을 전하자면, 난 행복해. 그렇다고 너무 신경 쓰진 마. 사실 선생님은 날 그렇게 좋아하지 않으시잖아. 돌아가실 때가 되면 나를 방에서 내보내고 가까이 오지 못하게 하실 거야. 나도 알고 있어. 그전까지는 선생님 머리를 빗겨 드리고, 선생님 앞에 무릎 꿇고 앉아 손톱을 깎아 드릴 거야. 난 그걸로 만족해. 넌 그렇지 않았을 거야. 네 몫은 그 이상의 뭔가였으니까. 하지만 넌 그에 대한 대가를 치러야 했지.

안녕.

다행스럽게도 이 편지가 도착할 때쯤 나는 나 자신이 아니라 선생님을 생각할 수 있었다.

4년 뒤 나는 시뇨리나의 마지막 편지를 받았다.

사랑하는 올리비아,

줄리 선생님께서 어젯밤에 폐렴으로 돌아가셨어. 오래 고생하진 않으셨어. 돌아가시면 내가 뭘 해야 할지 몇 가지 일러 주실 수 있었고, 몇몇 물건을 어떻게 처리할지도 말씀해 주셨어. 상아 편지칼을 네게 보내 주라고 하셨어.
나한테는 충분히 먹고살 만큼 남겨 주셨어. 어머니와 언니가 와서 같이 살게 될 거야.

안녕.

상아 편지칼은 이 글을 쓰고 있는 지금 내 책상 위에 놓여 있다. 편지칼에는 선생님의 이름이 새겨져 있다. 줄리라는 그녀의 이름이.

옮긴이 이영주

서강대학교에서 경제학과 영미어문을, 동 대학원에서 영문학을 전공했다.
《집안의 노동자》와 《페미니즘의 투쟁》을 공동 번역했다.

Olivia

올리비아

원문	초판 The Hogarth Press, 1949
한국어판	초판 1쇄 2024년 8월 9일

지은이	도로시 스트레이치
옮긴이	이영주
디자인	김정환
검토	김현지 신지숙
프리뷰	김인숙 남주 박근아 최윤경

펴낸곳	초코
출판등록	2021년 6월 4일·제 315-2021-000062호

전자우편	chocopublishing@gmail.com
인스타그램	@choco_publishing
엑스	@chocopublishing

ⓒ 이영주, 2024
이 책은 저작권법의 보호를 받는 저작물로 무단 전재와 복제를 금합니다.

ISBN 979-11-975098-1-0(03840)